無自覚聖女は今日も無意識に力を垂れ流す

今代の聖女は姉ではなく、妹の私だったみたいです

1

あーもんど Almond
Ill. あんべよしろう Yoshiro Ambe

JN080744

無自覚聖女は今日も無意識に力を垂れ流す

今代の聖女は姉ではなく、妹の私だったみたいです

contents

プロローグ

――――サンチェス公爵家。

それはセレスティア王国唯一の公爵家であり、長年王家に仕えてきた存在。

セレスティア王国の歴史に多く名を残してきたサンチェス公爵家の人間たちは皆《みな》優秀であった。

ある時は一万の軍勢を退ける最強の騎士として、またある時は国の政治を支える宰相として彼らは活躍してきた。

いつの時代でも、サンチェス公爵家はこの国の希望の星であった。

そんな華々しい歴史と実績を持つサンチェス公爵家だったが、神様の悪戯《いたずら》か、そこに極《ごく》普通の女の子が生まれる。

外見も中身も平凡な女の子は優秀な頭脳も、特筆するべき才能もない。彼女はサンチェス公爵家において落ちこぼれ同然の存在だった。

寝る間を惜しんで勉強しても一位にはなれず、踵《かかと》が擦り切れるまでダンスレッスンに励んでもなかなか上達しない。

そう、その女の子こそ、私――――カロリーナ・サンチェスだった。

公爵家の次女として生を受けた私は切に願う。

何か……何か一つでいい。誰かに誇れるような才能が欲しい、と……。

これは――『サンチェス公爵家唯一の出来損ない』と呼ばれた私が幸せを掴《つか》み取るまでを描いた物語だ。

第一章

シャンデリアが輝く広いダンスホール、オーケストラによる美しい演奏、あちこちから聞こえてくる人々の話し声や笑い声、芸術品と呼ぶべき美しいドレスに身を包む貴婦人たち。

ここは様々な思惑が渦巻く貴族たちの社交の場。

ここでは紳士・淑女たちによる腹の探り合いが日々行われている。

そんな美しくも刺激的な集まりに一人、圧倒的存在感を放つ人物が居た。

その人物は艶のある白銀色の長髪を揺らし、優雅な足取りで会場内を歩く。会場中の視線を独り占めする彼女はパパラチアサファイアの瞳をスッと細め、満足そうに微笑《ほほえ》んだ。

その愛らしい笑みに誰もが心を奪われる。

人々の心を惹《ひ》きつけて止《や》まないその人物の名は————フローラ・サンチェス公爵令嬢。

そう、彼女こそ私の実の姉だ。

フローラは出来損ないの私と違い、サンチェス公爵家の資質をきちんと受け継いでいるようで外見だけでなく、中身も完璧だった。

王立アカデミーを首席で卒業した彼女は優秀な頭脳と素晴らしい才能を持っており、基本何でも出来た。

勉学はもちろん、音楽や乗馬なども簡単にこなしてしまう。まさに彼女は天才だった。

その点、私は……。

「嗚呼《ああ》、本当長女のフローラ様は素晴らしいわ！　見た目も中身も完璧で……。でも、妹君の方は……ふふっ！」

「あら、そんなこと言ったらカロリーナ様が可哀想《かわいそう》よ」

「でも、事実じゃない！」

「それは……そうだけど……」

「それに皆言ってるわ！　カロリーナ様はサンチェス公爵家唯一の――出来損ないだって」

サンチェス公爵家唯一の出来損ない……これは私のあだ名みたいなものだ。

面と向かって言われることはあまりないけど、陰ではそう呼ばれている。本当に不名誉なあだ名だ。

でも……私がサンチェス公爵家唯一の出来損ないであることは事実だから、反論のしようがない。

壁の花に徹する私は彼女たちの会話を聞き流し、美しい姉から顔を背けるように俯《うつむ》いた。

――と、その時。

「あまり、私の妹をいじめないでくれるかしら？　カロリーナって、ああ見えて結構心が弱いんだから」

社交界の人気者である、私の姉がこの場に颯爽《さっそう》と現れた。私を庇《かば》うように前に立つフローラに、彼女たちは震えあがる。

「あ、あのっ！　私たちは……！」

「カロリーナ様をいじめていた訳ではなくて……！」

「うふふっ。分かってるわ。ちょっと言葉が過ぎただけよね？」

「は、はい！」

「その通りです！」

フローラが出した助け舟に直《す》ぐさま乗っかった彼女たちは夢中で頷《うなず》いた。

もはや茶番としか思えないこの光景に、私は内心溜《た》め息を零《こぼ》す。

「わざとじゃないなら、きっとカロリーナも許してくれるわ。さあ、一緒に謝りましょう」

フローラが聖母みたいに優しい眼差《まなざ》しを向ければ、彼女たちは『はいっ！』と元気よく返事をした。

「カロリーナ様、先程は失礼なことを言ってしまい、大変申し訳ありません」

「ご不快な思いをさせてしまっていたら、本当に申し訳ないわ」

申し訳なさそうな表情を浮かべ、謝罪を申し出る二人。フローラはそんな二人の隣に並び、彼女たちの背中に手を添えた。

「私からも謝罪するわ、カロリーナ。だから、二人のことを許してあげて？　ねっ？」

完璧な仲裁と二人のアシストをした我が姉は表情一つ動かさない私を見て、困ったように笑う。

こちらに……いや、姉のフローラに注目を集める会場の人々は彼女の困り顔を見るなり、『さっさと許してやれ』と野次を飛ばした。

こんな状況で『嫌です。許したくありません』なんて、言えないわね……。

「お姉様がそう仰《おつしや》るのなら、今回のことは水に流しましょう」

姉の顔を立てる形で謝罪を受け入れれば、この場の空気がフッと軽くなる。

私の陰口を叩《たた》いていた令嬢二人は『ありがとうございます！』とお礼を言い、仲裁役のフローラは『仲直りしてくれて良かったわ』と微笑んだ。

すると、こちらの様子を見守っていた周囲の人々もつられて笑顔になる。

「丸く収まって本当に良かったわ。これも全てフローラ様のおかげね」

「さすがフローラ様。サンチェス公爵家の長女なだけあるわ」

「顔も頭も良くて、性格も良いだなんて本当に素晴らしいわ」

「おまけに妹思い！　ここまで出来た人間は今まで一度も見たことないわ」

「うちの嫁に来てくれないかしら～！　フローラ様なら、大歓迎なのに！」

フローラの素晴らしさについて力説する貴婦人たちはチラチラとフローラに視線を送る。が、フローラがその視線に気づくことはなかった……いや、わざと気づかないフリをしたとでも言おうか……。

何故《なぜ》なら、私の知るフローラは────彼らが想像するような人間じゃないからだ。

「カロリーナ、大丈夫だった？　本当のこ、い、い、い、いことを言われて辛《つら》かったでしょう？」

フローラは『心配』という二文字を前面に出しつつ、さり気ない動作で私に近づいてくる。私の

手をそっと掴んだ彼女はその美しい顔をズイッと前へ突き出してきた。

互いの吐息が確認出来る距離まで顔を近づけてきたフローラは小声で話しかけてくる。

「引き立て役ご苦労様。おかげで私の好感度がまた上がったわ。出来損ないのカロリーナでも、たまには役に立つじゃない。まあ、普段は全く役に立たないけど」

私にだけ本性を曝《さら》け出すフローラは『妹思いの良い姉』とは程遠い存在だった。

心配そうな表情はそのままに毒を吐くとは……実に器用な姉である。

「出来損ないは出来損ないらしく、壁の花に徹することね。くれぐれも勝手な行動はしないように。出来損ないの貴方でも、それくらいは出来るでしょう？　ふふふっ」

フローラは私の返事を聞く前に顔を遠ざけ、掴んでいた私の手を離す。聖母と見間違えるほど、柔らかい笑みを浮かべた彼女は私の頭にスッと手を伸ばした。

「それじゃあ、私はもう行くわね。何かあったら、呼んでちょうだい。カロリーナもパーティーを楽しんでね」

一瞬で『妹思いの良い姉』に早変わりしたフローラは私の頭を優しく撫《な》でる。その手つきはとても丁寧なのに、振り払いたくなるほど煩《わずら》わしかった。

『じゃあね』と言って人ごみに消えていく姉の背中を見送る。

表面上は良い姉を演じ、裏では他の誰よりも私を蔑むフローラ……。本当は私のことなんて大嫌いなくせにわざわざ嫌がらせをしてくる意味不明な人だ。

私のことなんて放っておけばいいのに……。フローラほど人気があれば、良い姉を演じなくても問題ないだろうに……。だって、彼女は――――。

「きゃあああああ！」

会場の中央付近で突然悲鳴が上がる。何事かと思い、悲鳴のした方へ視線を向ければ、そこには転倒した男性とその下敷きになっている女性の姿があった。

彼らが倒れた場所と状況から察するに、ダンス中に男性がバランスを崩して転倒したのだろう。女性はその巻き添えを食った訳だ。

ダンス中に転倒だなんて、男性は余所見《よそみ》でもしていたのかしら……？

「嗚呼！　私の可愛いマリアちゃんが下敷きに……！　あのままじゃ、潰れちゃうわ！」

「体に傷でも残ったら、どうするのかしら!?　責任取って、結婚してくれるんでしょうね!?」

「後のことは良いから、まずはマリア嬢を助けなくては！　とりあえず、近くの病院に連絡を……」

「――――その必要はありませんわ」

大人たちがてんやわんやする中、一人の少女が声を上げる。小鳥の囀《さえず》りのように美しい声は広い会場によく響き、人々の注目を集めた。

「私《わたくし》がお二人を治療致します。なので心配しないでください」

自身に満ち溢《あふ》れた表情を浮かべる少女に、周囲の人々は落ち着きを取り戻して行く。

「そうだ！　今日は次期聖女であるフローラ様がいらっしゃるんだ！　何も心配することはない！」

「次期聖女であるフローラ様が居れば、医者を呼ぶ必要なんてないわね！」

「嗚呼！　お願いします！　マリアちゃんの傷を癒してください！　あの子はまだ結婚前なんです！　顔に傷なんか出来たらっ……！」

下敷きになった女性を抱き起こす貴婦人は夢中になって叫ぶ。そんな彼女の切なる願いを受け止め、フローラはニッコリ微笑んだ。

「大丈夫です。安心してください。彼女の怪我《けが》は全て綺麗に治しますから」

フローラのこの言葉に安心したのか、貴婦人は『よろしくお願いします』とだけ言って静かになった。フローラは彼女の言葉に頷き、マリア嬢と男性の怪我の具合を診る。

マリア嬢がいいクッションとなったのか、男性の方は軽い打撲だけで済んだみたいだけど……下敷きにされた女性の方は結構酷《ひど》いわね。擦り傷や打撲に加え、足を骨折しているみたいだ。顔には口が切れた痕がある。

少し口が切れただけとは言え、顔に怪我を負ったダメージは大きい……。傷が完治するまでしばらく社交界に顔を出さないだろう――――本来であれば。

傷の状態を確認したフローラはお祈りのポーズを取り、そっと目を瞑《つぶ》った。

――――刹那、フローラの体から白い光が放たれる。

その光はマリア嬢と男性の元に降り注ぎ、二人の傷を癒した。フローラは宣言通り、二人の傷を綺麗に治したのだ。

これこそがフローラを完璧たらしめる一番の理由であり、周りから慕われる最大の要因でもあった。

「さすが、フローラ様！　次期聖女の実力は本物ね！」

「彼女以上に聖女に相応《ふさわ》しい人物は居ないな！」

「きっと、フローラ様は歴代最高の聖女になるわよ！」

「フローラ様が居れば、この国も安泰ね！」

賛辞の声を聞き流しながら、私はフローラに目を向ける。マリア嬢や彼女の母親から感謝の言葉を貰《もら》うフローラは誇らしげに笑っていた。

性格のことはさておき、能力値だけで言えばフローラ以上に聖女に相応しい人物は居ないだろう。

――――聖女。

それは聖魔法に優れた女性に与えられる称号のことだ。厳しい試験を突破し、国王陛下と大司教に認められた者だけが得られる称号。その価値は計り知れない……。

ただこの聖女制度はあくまでセレスティア王国独自のものなので、国内でしか通用しない。でも、セレスティア王国が築き上げてきた聖女の歴史はとてつもなく長いため、聖女が国外に与える影響はそれなりに大きい。

フローラはそんな輝かしい存在の候補に名前が挙がっていた。

と言うのも、フローラが優秀な聖魔法の使い手だからだ。さっき見せた治癒魔法からも分かる通り、フローラは素晴らしい魔法の……いや、聖女の才能を持っている。誰もが『次の聖女は彼女だ』と断言するほどの。

聖女試験は成人しないと受けられないため、今はまだ次期聖女止まりだが、フローラが成人を迎えれば聖女の座は彼女のものになるだろう。

これは予言などではなく、決定事項だ。

「顔も頭も良いのに、そのうえ聖女の才能まであるだなんて……本当に狡《ずる》いわ」

――私は何も持っていないのに……。

最後の言葉を呑《の》み込んだ私は薔薇色の人生を歩んでいるフローラを心底羨《うらや》ましく思った。

◇◆◇◆

その後、パーティーは無事続行され、問題なく終わりを迎えた。

月が輝く夜の道を一台の馬車が走り抜ける。サンチェス公爵家へ向かうその馬車には私と――フローラが一緒に乗っていた。

いつもなら私たちは馬車を分けて移動しているが、今日は父が家の馬車を多く持って行ってしまったため、私たち姉妹は同じ馬車に乗る羽目になったのだ。

今回ばかりは父を恨まずにはいられない……。

一週間ぶりに帰って来たかと思えば、馬車を十台も持って行ってしまうなんて……お父様は一体何を考えているのかしら？　ただ王城に行くだけなら、そんなに馬車はいらないでしょうに……。

まあ、無駄を嫌うお父様のことだから、何か深い訳があるんでしょうが……。でも、今日中に馬車が帰って来なかったら、さすがに困るわね……。

城に泊まり込みで仕事をする父は基本あまり家に帰って来ない。一週間家を空けるなんて、ざらにあった。

それに帰って来たとしても、公爵家当主としての仕事が溜まっているため、直ぐに執務室に籠ってしまう……父の忙しさはある意味異常だった。

「はぁ……」

この生活がまだ続くのかもしれないと思うと、溜め息を零さずにはいられない。明らかな不満を露《あら》わにすれば、向かい側に座るフローラが大きな舌打ちをした。

「何よ、その不満げな顔は！　言っておくけど、私だって貴方《あなた》と同じ馬車に乗るのは嫌だったのよ！　でも、今使える馬車がこれしかないから、仕方なく一緒に乗ってあげるの！　次期聖女の私と同じ空間に居られるだけ有り難いと思いなさい！」

私の不満げな表情がよっぽど気に食わなかったのか、フローラはその綺麗な顔を怒りで歪《ゆが》める。美形が凄《すご》むと迫力があるが、慣れている私は気にしない。

そんな私の態度に、フローラは更に顔を歪める。

周囲の目を気にしなくて済む分、フローラの凶暴性が増す。

「何なのよ、その態度は！　落ちこぼれは目上の人に対する態度も分からないの？　サンチェス公爵家の成り損ないはそんなことも知らないのね」

――成り損ない。

その言葉に嫌ってほど反応してしまう。

キュッと唇を噛《か》み締める私の姿を見て、次期聖女様はニヤリと笑った。

「カロリーナって、本当不思議な子よねぇ……？　だって、サンチェス公爵家の直系でありながら、外見が誰にも似てないんだもの」

触れられたくないところを突かれ、私は思わず顔を顰《しか》める。

そんな私を見てフローラは楽しげに笑い、私の反応を見るためだけに隣に移動してきた。彼女の雪のように白い手が私の髪を一房掬《すく》い上げる。

「カロリーナの髪は私やお父様が持つ白銀色の髪とも、お母様自慢の黒髪とも違う灰色の髪……。限りなく黒に近いけれど、お母様の美しい黒髪とは似ても似つかないわ。まるで埃《ほこり》のようね」

掬い上げた私の髪を『ふぅー』と息で吹き飛ばしたフローラはわざとらしく自分の髪を手で払った。ヒラリと宙に舞う白銀色の髪の毛は月明かりに照らされ、キラキラと光り輝く。

単純に綺麗だと思った。

フローラの凶悪な本性を知っていても、その美しさには自然と惹かれてしまう……。何故なら、彼女の美貌は性格の悪さが霞《かす》んで見えてしまうほど輝いているからだ。

とことんタチの悪い女である。

「でも、髪はまだマシね。くすんでいるとは言え、黒髪の面影があるもの。一番の問題は――この血のように赤い瞳ね」

そう言って、私の目元を撫でるフローラはパパラチアサファイアの瞳をスッと細めた。

「私はお母様譲りの薄ピンク色の瞳なのにカロリーナの瞳は見事に真っ赤ね。お父様の緑色の瞳とは似ても似つかないし……。本当に私の妹なのか疑っちゃうわ」

「……」

「屋敷の皆は『奥様の生き写しのようだ』って言っているみたいだけど、きっとそれは冗談ね。だって――出来損ないのカロリーナが美しいお母様に似ている筈《はず》がないもの。よくて、お母様の劣化版ね」

「っ……！」

フローラの放つ言葉が一つ一つナイフとなって、私の胸に突き刺さる。目には見えない心の傷が『痛い痛い』と叫んでいた。

もうっ……やめて……。お願いだから……もう何も言わないで。私の心をいじめないで……。

「お姉様、私に悪いところがあったなら謝るから、もう許し……」

「――あぁ、そう言えば……」

私の言葉に被せるように声を発したフローラはこれでもかってくらい悪い顔をする。この時点で彼女が何を言おうとしているのか、私は分かっていた。

嫌……嫌っ！　やめて……！　それだけは聞きたくない……！

フローラの声を拒むように私は手で耳を塞ごうとするが……彼女の方がほんの少しだけ早かった。

「カロリーナはお母様のこと、よく知らないわよね？　だって――貴方が生まれてきたせいでお母様はこの世に居ないいんだから」

「っ……！」

そう、私たちの母親――カレン・サンチェス公爵夫人は私のせいで死んだ。

直接的な死因は病死となっているが、母が死亡した原因は私にある。と言うのも、母が病にかかったのが私を出産した直後だからだ。

我が母カレンは元々風邪一つ引かない健康体だったみたいだが、出産後の免疫力低下が災いとなり、病気を発症したらしい。そして、そのまま息絶えた。

母の直接的な死因は出産じゃないが、母が体調を崩したきっかけは確実に私だ。

私が生まれてこなければ……母は生きていたかもしれない。

そう思うと、胸が張り裂けそうになった。

「お母様は本当に素晴らしい方だったわ。優しくて、思いやりがあって……まるで聖母様のようだった。特段優秀だった訳じゃないけど、人を惹きつける才能に関しては私やお父様でも敵《かな》わなかった。お母様のコネと人徳のおかげでサンチェス公爵家はあらゆる事業に成功してきたわ。お父様の代で領地が更に発展したのも全てお母様のおかげよ。だから……」

お母様の素晴らしさについて熱弁したフローラは険しい表情で私を睨《にら》み付ける。パパラチアサファイアの瞳には隠し切れない怒りと憎しみが宿っていた。

「私はお母様を殺した貴方を許さないし、貴方がお母様の生き写しだなんて絶対に認めない！　私は私の全てで貴方を否定する！」

そう宣言したフローラは数秒間、私を強く睨み付けると、満足したように元の場所へ戻っていった。窓の外を眺める彼女の横顔はどこか悲しげである。

さんざん暴言を浴びせられた私の方が辛い筈なのに……何でフローラの方が辛そうに見えるのだろう？

私はそんな疑問を抱えながら、そっと目を閉じた。

◇◆◇◆

その後、特に会話もなく時間だけが過ぎていき、私たちを乗せた馬車は公爵家の前で止まった。御者の手を借りながら、私とフローラは馬車を降りる。

挨拶もそこそこに、さっさと屋敷の中へ入っていく姉の姿を見送り、私はふと屋敷を見上げた。

まだ寝るには早い時間だと言うのに、屋敷の明かりが随分と少ないわね。私たちが出掛けていたとは言え、なんだか妙だわ。

屋敷内の些細《ささい》な変化に疑問を抱いていれば、人目を憚《はばか》るように我が家の執事が私に近づいて来た。

「お帰りなさいませ、カロリーナお嬢様。旦那様が客室にてお待ちです」

「お父様が……？」

執事が口にした言葉に私は明らかな違和感を覚えた。

何故、お父様が私を……？

以前にも何度かお父様に呼び出されたことはあるが、こんな時間帯に呼び出されたことは一度もなかった……。いや、それはまだいい。私が今、最も疑問に思っているのは――あのお父様が、客室に私を呼び出したことだ。

何故いつものように書斎ではなく、客室に私を呼び出したのか……。それが最大の疑問だった。

「誰かお客様が来ているの？」

「……その質問にはお答え出来ません」

お父様に口止めでもされているのか、執事は首を横に振るばかりだった。彼の性格上、しつこく問いただしても無駄だろう。

これは……客室に行って、自分の目で真相を確かめるしかなさそうね。

「分かったわ。客室に行くから、案内してちょうだい」

◇◆◇◆

そして執事に案内された客室で、私は――一人呆然《ぼうぜん》と立ち尽くしていた。目の前に広がる異様な光景に、思わず息を呑む。

本来ならここに居る筈がない……いや、居てはならない人物が私の間抜け面を見て、楽しげに笑う。

「カロリーナ、突っ立っていないで挨拶をしなさい。私はお前を挨拶も出来ない娘に育て上げた覚えはないぞ」

動揺のあまり、身動きが取れずにいる私に父——レイモンド・サンチェス公爵は注意を促す。フローラと同じ白銀色の長髪を後ろに束ねる彼は客人の後ろに立ち、厳しい目でこちらを見つめていた。

年々鋭さが増すエメラルドの瞳に怯《おび》えながら、私は慌てて淑女の礼を取る。

「ご挨拶が遅れてしまい、申し訳ありません。サンチェス公爵家次女のカロリーナがネイサン国王陛下にご挨拶申し上げます」

——ネイサン・フィリップス国王陛下。

彼はセレスティア王国の国王であり、父の上司だ。私の父は公爵家当主と宰相を兼任しており、領地の経営も陛下の補佐も完璧にこなしている。

そんな完璧人間である父ですら、『侮れない』と語るのがネイサン国王陛下だった。

何故、陛下がここに……？

事前に知らせがなかったことから、公式の訪問ではなさそうだけど……。

——と、ここで今朝の出来事と先程感じた違和感について、思い出す。

……なるほどね。今朝余分に馬車を持って行ったのも、屋敷の明かりが異様に少なかったのも全てネイサン国王陛下を安全に我が家へ招待するため……。

まず、馬車を多く持って行ったのはネイサン国王陛下を秘密裏に城から連れ出すためだ。公爵家の馬車は数台しか検問されないため、誰かにバレることなく陛下を城外へ連れ出せる。

次に屋敷の明かりについてだが、これはネイサン国王陛下の訪問に使用人が気づかないよう、活動範囲を最小限に抑えた結果だろう。屋敷の大半を立ち入り禁止にされたため、使用人たちは部屋の明かりをつけることも出来なかったのだ。

以上の点から導き出される答えは一つ……ネイサン国王陛下の訪問が完全に非公式であること。そして、父はそのお忍び訪問に協力している。

気分屋で有名な陛下が城を抜け出すことは珍しくないけど、お父様がそれに手を貸しているケースはまずない。だって、お父様はどちらかと言うと、無断外出した陛下を追う側の人間だもの。それなのに何故今回は手を貸したのか……。なんだか、嫌な予感がするわね。

陛下は王家の直系を意味するアメジストの瞳を細めると、プラチナブロンドの髪を耳に掛ける。その仕草が妙に色っぽかった。

「やあ、久しぶりだね。君と会うのは数ヶ月ぶりかな？　元気にしてたかい？」

「はい、おかげさまで……。陛下もお変わりないようで安心しました」

「私は健康だけが取り柄だからね。自慢じゃないが、今まで風邪や病気に一度も罹《かか》ったことがないんだ。凄いだろう？」

「はい、素晴らしいことだと思います。陛下の体調は国の安寧に大きく関わって来ますから。陛下の健康と国の繁栄を心より、お祈り申し上げます」

「ははっ。それでは、カロリーナ嬢の期待を裏切らぬよう、体調にはより一層気を配るとしよう」

ケラケラと楽しげに笑うネイサン国王陛下の姿に、私は静かに不信感を募らせる。

何故本題に入らないの……？　まさか、私と世間話をするためだけにここに来た訳じゃないわよね……？　いや、気分屋なネイサン国王陛下なら、それも有り得そうだけど……お父様が居る時点でそれはないだろう。

でも、それなら何故早く本題に入らないのかしら？

「そう言えば、カロリーナ嬢には恋人とか居ないのかい？」

「恋人、ですか……？」

「ああ。カロリーナ嬢はサンチェス公爵家の人間だし、言い寄られることは多いだろう？　先日行われたアカデミーの卒業式で告白とかされなかったかい？」

本題に入るどころか、恋バナを始めるネイサン国王陛下に私の思考はどんどん混乱していく。

『この人、本当に世間話をしに来ただけなんじゃ……』と思い始めた頃、沈黙を貫いてきたお父様が口を開いた。

「陛下、世間話はそこら辺にして、いい加減本題に入ってください」

父のこの一言に、『あぁ、やっぱり本題があったのか』と一人納得していると、今までずっと笑顔だったネイサン国王陛下が突然真顔になる。先程までの穏やかな雰囲気は吹き飛び、部屋に重苦しい空気が流れた。

「世間話？　これがただの世間話に見えるのかい？　私がここに来た目的を知っている君なら、この質問がどれほど重要なのか理解していると思うけど……」

「っ……！　それは……！」

「まあ、なんにせよ、部下の君に私の行動を制限する権利はない。君は今、この国の宰相としてここに居るんだ。セレスティア王国の利益だけ考えていろ」

いつも温厚で優しいネイサン国王陛下が最も信頼している筈の私の父《部下》を睨み付ける。事情を何も知らない私はこの状況にオロオロするしかなかった。

い、一体どうしたの……？　突然険悪なムードに変わってしまったけど……。お父様もネイサン国王陛下も一体どうしてしまったの……？

この場の雰囲気についていけない私を置いて、二人の睨み合いは続く……。

「その命令には従えません。私はこの国の宰相である前に、カロリーナの父親ですから」

「ほう？　では、娘のためだけに王命に背くと？」

「はい」

『王命に背く』と断言した父に迷いは一切感じられなかった。そんな父の姿に、ネイサン国王陛下はスッと目を細める。

「ははっ！　堅物の君が娘のためだけに私に逆らうとは……ふふっ！　これほど愉快なことはないね！　ははははっ！」

バシバシと膝を叩いて大笑いする陛下はソファの後ろに立つお父様に手を伸ばす。

「君も随分と人間らしく……いや、父親らしくなったね。親友の君が成長してくれて、私は嬉しいよ。だから――――今回は少しだけ妥協してあげよう」

そう言って、ネイサン国王陛下は父の胸を軽く叩く。父は『妥協』という言葉に、ピクッと眉を動かしつつも、これと言った反応を示さなかった。

そんな父の関心を引くように陛下が言葉を続ける。

「さっきの質問は全てを説明した後で行おう。これなら、君も文句はないだろう？」

ネイサン国王陛下が出した条件に、お父様は少し悩んでから頷いた。

険悪だった雰囲気が瞬く間に収まり、私はホッと息を吐き出す。

陛下が何をどう妥協したのかは分からないけど、一先《ひとま》ず話はまとまったみたいね。私のせいで王家VSサンチェス公爵家の戦いが始まるのではないかとヒヤヒヤしたわ。

一人安堵《あんど》する私を置いて、ネイサン国王陛下は一度姿勢を正すと、改めて私と向き合った。

「さて……レイモンドの許可も下りたことだし、早速本題に入ろうか。まずはそうだね――マルコシアス帝国とセレスティア王国の間で起きたトラブルの説明から」

ネイサン国王陛下がサラッと口にした国名に、私は思わず目を見開いた。

――マルコシアス帝国。

別名ルビー帝国と呼ばれる、大陸の大半を手中に収める大国のことだ。大国なだけあって、魔法文化がかなり進んでおり、歴史も深い。先進国として名を轟《とどろ》かせるマルコシアス帝国は圧倒的武力と高度な文明を有していた。

ハッキリ言って、揉《も》め事を起こしていい相手じゃない……。戦争でも仕掛けられれば、セレスティア王国は一巻の終わりだ。

「今までにも些細なトラブルはあったが、マルコシアス帝国も我々もお互い目を瞑ってきた……。ただ今回のトラブルは少しやばくてね……。なんと、我が国の人間が帝国の公爵夫人に無礼を働いてしまったんだ。その公爵夫人というのが現皇帝の妹君でね……あちらもこちらも黙っている訳にはいかなくなったんだ」

ネイサン国王陛下が語った帝国とのトラブル内容に、私は何とも言えない表情を浮かべた。

我が国の人間が帝国の公爵夫人にどんな無礼を働いたのかは分からないけど、それが原因で国際問題に発展しているのは事実……。少なくとも、『ごめんなさい』と謝って済む問題ではないわね。

でも、ネイサン国王陛下は何でこんな話を……？

「『何故、私にこんな話を？』っていう顔だね」

「えっ!?」

私の考えを見事言い当てたネイサン国王陛下はクスリと笑みを漏らす。そして、こう言葉を続けた。

「カロリーナ嬢がこの件に関わってくるのはこのあとだ。ここから先はより一層気を引き締めて、話を聞いてほしい」

「わ、分かりました……」

穏やかな表情とは裏腹に、陛下の放つオーラは凄まじかった。緊張のせいか、自然と背筋が伸びる。

陛下は完全に萎縮してしまっている私を見下ろすように席を立ち、私の周りをぐるぐる回り始めた。

「つい先日、帝国から使いの者がやって来てね……その目的は言うまでもなく、公爵夫人とのトラブルについてだった。使いの者が言うには、帝国側は我々と敵対するつもりはないらしい。だが、この件を放置するのは気が引ける……そこで帝国側はこんな提案をしてきた。その提案というのが

――マルコシアス帝国第二皇子との結婚だ」

私の目の前でピタッと足を止めた陛下はパチンと指を鳴らして、そう言った。そのキザったらしい仕草に何か思うことはなく、私の意識は他に向いていた。

――マルコシアス帝国第二皇子　エドワード・ルビー・マルティネス。

彼は『烈火の不死鳥』団団長であり、その団の設立者。団長を任されるだけあって、剣や魔法の才能に秀でていた。そして、彼は数多《あまた》の戦で武勲を上げ、設立したばかりの『烈火の不死鳥』団を世に知らしめたのだ。

――と、ここまで聞けば、国を代表する英雄として称えられているのでは、と思うがそうではなかった。

エドワード皇子殿下は女も子供も関係なく斬りつける残虐性を持っており、血も涙もない黒の英雄として国民から恐れられていた。

そんな彼に付けられた通り名は――――戦好きの第二皇子。

戦を愛し、戦に愛され、戦に狂った男という意味が込められているらしい。実に嫌味ったらしい名前の由来である。

しかも、驚くことにその通り名を付けたのは他国ではなく、マルコシアス帝国の国民なのだ。味方の帝国民にも恐れられるなんて……とんだ、皮肉だろう。

「そういう訳で、我々は近日中にエドワード皇子の結婚相手を選出し、帝国側に引き渡さないといけないんだけど……これが結構難しくてね」

「難しい……？　セレスティア王国内で最も身分の高い未婚女性を結婚相手として差し出せば良いだけの話じゃないんですか？　確か王家には一人王女様がいらっしゃいましたよね？」

名前は確か……エステル・フィリップスだったかしら？　病弱だからと表舞台にあまり顔を出さないが、ネイサン国王陛下には娘が一人居た筈だ。だから、結婚相手の選出に手間取ることはないと思うけど……。

私の尤《もっと》もな指摘に、陛下は苦笑しながら答えてくれた。

「確かに私には娘が一人居るが、彼女は既に隣国の第三王子と婚約しているんだ。エステルの体調が優れないため、婚約発表はまだしていないがね」

なるほど、エステル王女はもう既に婚約を……。国内の人間ならともかく、他国の王族との婚約ともなれば簡単には解消出来ない。エステル王女がマルコシアス帝国へ嫁ぐのは不可能だろう。

となれば、エステル王女に次ぐ身分を持つ未婚女性が候補に挙がってくるけど……彼女が他国へ嫁ぐことはまず、ないだろう。きっと貴族たちが猛反対する筈だ。

何故なら、その未婚女性が————次期聖女と崇められるフローラ・サンチェス公爵令嬢だからだ。

聖女の素質を持つフローラをネイサン国王陛下がみすみす手放すとは思えない……。フローラを帝国へ行かせるくらいなら、隣国の第三王子との婚約を破棄し、エステル王女を強引にでも帝国へ嫁がせるだろう。

――――と、ここで私はネイサン国王陛下の思惑に気が付く。

「まさか――――私をエドワード皇子殿下の結婚相手に……？」

陛下は私が導き出した結論に、満足げに微笑んだ。

「ああ、その通りだよ。私は君をエドワード皇子の結婚相手にしたいと思っている。エステルとフローラ嬢の次に身分が高いのは君だからね」

『私が結婚相手に選ばれることはないだろう』と高を括《くく》っていた私は頭を鈍器で殴られたかのような衝撃を受ける。と同時にショックを受けていた。

私は所詮フローラの代替品って訳ね……。

そんなのずっと前から分かっていた筈なのに……どうしようもなく、胸を締め付けられる。私の代わりは幾らでも居るけど、フローラの代わりは誰も居ない……だから、私が選ばれた。

結局のところエステル王女やフローラの次に身分の高い未婚女性なら、誰でも良かったって訳ね。たとえ、それがサンチェス公爵家唯一の出来損ないでも……。

涙を堪《こら》えるように歯を食いしばる私だったが、陛下はそんなのお構いなしに質問を投げかけてきた。

「さて、説明も終わったことだし、早速さっきの質問に答えてもらおうか。カロリーナ嬢、君には今、恋人が居るかい？」

プラチナブロンドの彼は私を指さし、にっこり微笑む。その笑みがどこか威圧的に見えるのはきっと私の気のせいではないだろう。

ここで『居ません』と馬鹿正直に答えれば、エドワード皇子殿下の結婚相手は私に決定するだろう。だからと言って、国王直々の質問に嘘《うそ》を言う訳にはいかなかった。

それに本当に恋人が居たとしても……相手が他国の王族とかでなければ、『別れろ』と言われるだけだ。結局のところ、私に選択肢なんて……最初からなかった。

私は目尻に涙を浮かべながら、アメジストの瞳を見つめ返す。

「陛下、私に恋人は居ません」

思ったより、すんなり言葉が出てきた。声も酷く落ち着いている。

入り乱れる心とは裏腹に私の体は案外落ち着いているらしい。

陛下は私の答えに安堵し、ホッと息を吐き出した。

「そうか。それなら、良かったよ。私も愛し合っている男女の仲を引き裂くのは気が引けるからね。ちなみに好きな人とかは居なかったのかい？」

「いえ、特には……。自分で言うのもなんですが、私は結婚や恋愛にドライだったので。サンチェス公爵家の繁栄に繋《つな》がる結婚相手なら、誰でも構いませんわ」

「ははっ！　随分と割り切っているね。君くらいの年齢なら、結婚や恋愛に夢を見ていそうなのに。白馬に乗った王子様と恋に落ちたい、とかね」

おちゃらけたようにそう言うネイサン国王陛下に、『私はそんな夢見がちな少女じゃありませんわ』と答える。

そう、私はそんな夢見がちな少女じゃない……。きちんと自分の役割を理解している。サンチェス公爵家の出来損ないである私は結婚くらいでしか、家の役に立てない。今まで迷惑を掛けてきた分、きちんと恩返ししないと……。出来損ないの私から、お見合いや結婚を取ったら何も残らないのだから……。

「カロリーナ嬢、これが最後の質問……いや、お願いだ。この国のため、マルコシアス帝国の第二皇子と結婚してほしい」

真剣な表情を浮かべる陛下に、さっきまでのおちゃらけた雰囲気はなく、一国の王として私と向き合っていた。こちらを真っ直ぐ見つめるアメジストの瞳を見つめ返し、私もきちんと答える。

「はい、分かりました」

――――この決断が私の運命を大きく変えることになるだなんて……当時の私は思いもしなかった。

◇◆◇◆

「それじゃあ、僕はこれで失礼するよ。三日後の朝に帝国から迎えが来るから、それまでに準備を整えておくんだよ。それから、今日のことはくれぐれも他言しないように。良いね？」

屋敷の裏口から外に出た陛下は念を押すように釘を刺してきた。見送りに来た私とお父様は心配性な彼に、苦笑を漏らす。

ちなみにこうやって、釘を刺されるのは今ので三回目だ。

私がサンチェス公爵家の出来損ないだから、うっかり口を滑らせないか不安なんだろうけど、私だって守秘義務くらいは守れるわ。それに私は他のご令嬢と違って、お喋《しゃべ》り好きって訳じゃないし。

「帝国で正式に発表されるまで誰にも話しませんから、ご安心ください」

「カロリーナは口が堅い方です。彼女が口を滑らせることはないでしょう。それに……私はカロリーナよりも貴方の方が心配です。陛下はよく酒に酔った勢いで口を滑らせていますから。カロリーナとエドワード皇子殿下の結婚が発表されるまでお酒は控えて頂きますよ」

「えっ!?　飲酒禁止!?」

お父様から思わぬ反撃を受けたネイサン国王陛下は『それだけは勘弁しておくれ～』と泣きつく。立場は陛下の方が上なのに、これでは父の方が偉いように見えてしまう。

自由奔放な陛下が何故暴走しないのか、何となく分かった気がした。

「うぅ……君の父親は本当に頭が堅いね。ここまで融通が利かない奴は初めてだよ……。こんな堅物の娘だと、色々苦労して来ただろう?」

禁酒を言い渡されたネイサン国王陛下は私を仲間に引き込もうと、そんな質問を投げかけてくる。共感者を得ようと必死な陛下の姿に、私は少しだけ親近感が湧いた。

「そうですね……確かに融通の利かない父に苦労したことはあります。でも、父の判断が間違っていたことは一度もありませんし、いつだって未来のことを見据えて行動していました。私はそんな父を心から尊敬しています」

「カロリーナ……」

思ったことを正直に話せば、何故か質問してきた陛下ではなく、質問のネタにされたお父様の方が反応を示す。未《いま》だに若々しい美貌を保つ父の顔がクシャっと歪められた。

喜びとも怒りとも違うような……？　強いて言うなら、何かを我慢している表情に近い。

父の浮かべる表情が何を表しているのか分からず、コテンと首を傾《かし》げた時――蚊帳《かや》の外に追いやられていたネイサン国王陛下が口を開いた。

「どうやら、私は邪魔者みたいだね。これ以上二人の時間を邪魔するのは気が引けるし、ここら辺で失礼するよ。親子水入らずの時間を邪魔して悪かったね」

陛下は拗《す》ねたような……でも、どこか嬉《うれ》しそうな表情を浮かべると、近くに停めてあった馬車に乗り込んだ。御者に出発するよう命じ、窓のカーテンを閉める……が、何か思い出したかのように小窓から、こちらを振り返った。

「レイモンド、今日くらいは自分の気持ちに素直になった方が良いよ。カロリーナ嬢が帝国へ行ったら、もうなかなか会えないからね。話せるうちに話しておいた方が良い。これは親友からのアドバイスだ」

陛下がウィンクしながら決めゼリフを吐くと、タイミングを見計らったかのように馬車が走り出す。言い逃げをされたお父様はチッと小さな舌打ちをした。

お父様の素直な気持ちって何かしら……？　陛下の口振りからして、私に関することみたいだけど……。

「あ、あの、お父様……陛下が言っていたことって……」

「深い意味はないから、忘れなさい」

「で、ですが……くしゅん！」

陛下の言っていたことがどうしても気になって、追及を続ける私だったが、夜風で体が冷えてしまったのか、くしゃみが出てしまう。

もう春とは言え、夜は冷える。ドレス一枚で外に出るのは少し厳しかった。

寒さに耐えるように腕を擦《さす》っていれば、不意に何かが肩に触れた。

「さすがにその格好では寒いだろう。羽織っていなさい」

そう言って、お父様は私の肩に自分の上着を掛けてくれた。さっきまでお父様が着ていたせいか、上着にはその温もりが残っている。その温もりが……気遣いが……優しさがとても温かく感じた。

「ありがとうございます、お父様」

「ああ……」

私も父も口下手なせいか、直ぐに会話が終了してしまう。沈黙という名の気まずい雰囲気がこの場に流れた。

素知らぬ顔で、私たちの間を夜風が通り抜ける。

ど、どうしましょう……？　何か話した方がいいのかしら……？　でも、一体何を……？

「――――カロリーナ」

「は、はい！」

意外にも先に話し掛けてきたのは父の方で……何かを決意したような真っ直ぐな目をしていた。普段は怖くてしょうがないエメラルドの瞳が今はほんの少しだけ優しく見える。

白銀色の長髪を風に揺らす彼は凛とした面持ちで口を開いた。

「カロリーナ、エドワード皇子殿下との結婚――後悔していないか？　もし、後悔しているなら、私が陛下を説得して、結婚の件を白紙に戻す。だから、正直に答えてくれ」

私の両肩を掴み、父はとんでもないことを口走った。私は驚きのあまり、父の正気を疑ってしまう。

国と家の利益だけ考えて動くお父様がこんなことを言うだなんて……信じられないわ。一体何故そんなことを……？

「エドワード皇子殿下との結婚を白紙に戻したらサンチェス公爵家とセレスティア王国に大きなダメージが……」

「――そんなことは分かっている！」

突然大声を出したお父様はギュッと強く私の肩を握りしめた。いつになく、感情的な父の姿に、私は困惑してしまう。

お父様がここまで取り乱すことなんて、今までに一度もなかった。

「私だって、分かっている。自分が今、どれだけおかしなことを口走っているのか……。でも――生贄《いけにえ》のように他国へ嫁がされる娘を私は黙って見送ることなど出来ない！」

「！」

父は様々な葛藤を振り払うかのように首を横に振り、少しだけ声を荒らげる。

――――ずっと分からなかった不可解な行動の意味が今やっと分かった気がした。

お父様はエドワード皇子殿下との結婚の件を宰相としてではなく、私の父親として見てくれていたんだわ……。

愛されている訳がないと思っていた。出来損ないの私なんて、ただのお荷物で邪魔でしかないと……勝手にそう思い込んでいた。だって、お父様はいつも利益だけ考えているから……。不利益しか生まない私に親の愛情を求める資格なんてないんだと思っていた。

でも、そうか……私は――――ちゃんと愛されていたのね。

父からの不器用で、分かりづらい愛情を自覚した時、自然と涙が溢れ出てきた。胸の中が幸せと喜びでいっぱいになる。

「わ、たし……ずっと愛されていないのかと思っていました……！　私は出来損ないだからっ……愛される価値なんてないのかと……！」

「そんな訳あるか！　私はどんな娘だろうと、それがカレンとの子供なら全力で愛する！　お前が私の娘である限り、無条件の愛を注ぐと約束しよう！」

父は半ば怒るようにそう宣言した。今まで気づかなかった父の愛情が今は嫌ってほど伝わってくる。

こんなにも深く愛されていたのに、それに気づけなかった自分が馬鹿みたいだ。

「念のため、もう一度言う。私はお前を愛している。お前がこの結婚に不満を抱いているなら、私は全身全霊でこの結婚を白紙に戻す。だから、正直に答えてくれ。カロリーナはこの結婚をどう考えている?」

真剣な眼差しでこちらを見据える父からは揺るぎない覚悟と決意を感じた。ここで私が『エドワード皇子殿下と結婚したくない』と答えれば、父はありとあらゆる手段を用いて結婚を白紙に戻すだろう。

でも……私はお父様にそんな茨の道を歩ませる気はない。

「エドワード皇子殿下との結婚については特に不満はありませんわ。異国の地なので少々不安はありますが……」

「そ、それは本心か……?　本当に不満はないのか……?」

「ええ、まあ……強いて言うなら、誰かの代わりにされたことですかね。私じゃなきゃいけない理由がないのが少し残念ですわ」

ある意味見当違いな意見を述べる私に、父は落胆したように溜め息を零した。本気で私の本音と向き合おうとしたお父様からすれば、この答えは拍子抜けだろう。

でも、これが私の本音であり、答えなのよね……。

今話したことに嘘は含まれていない。全部、私の本音だ。父とこの国を守るため、本音を偽ったとか、そんな感動ストーリーではなかった。

「はぁ……そういうところはカレンにそっくりだな。自分に無頓着と言うか、なんと言うか……」

何気なく呟《つぶや》いた父の独り言に、私は思わず目を見開いた。

私がお母様に似ている……？

　母を知る使用人に『奥様の生き写しのようです』と言われることは多々あったが、それは全部お世辞だと思っていた……。だって、私は母カレンのことをあまり知らないから……フローラが『似ている訳がない』と完全否定するから……私は母に似ていないのだと思っていた。でも……それは間違っていたのかもしれない。だって、誰よりも母のことを知るお父様が『似ている』と言ったのだから。

「お、お父様……私はその……お母様に似ていますか？」

　改まって聞くのは何だか気恥ずかしくて、頬を少し赤く染める。父はそんな私を優しく見つめ、昔を懐かしむように目を細めた。

「ああ、カロリーナはカレンによく似ている。自分のことに無頓着なところも、他人に優しいところも、努力を惜しまないところも全部……。お前はまるでカレンの生き写しのようだ」

　穏やかな表情で私を見下ろす父はこちらにそっと手を伸ばす。父の少しゴツゴツとした手が私の頭を撫でてくれた。その手つきはやはり不器用だが、それがまた心地いい。

　お母様にそっくり、か……。他の人からすれば何気ない一言かもしれないけど、私にとっては最高の褒め言葉だ。

　この言葉を父の口から聞けただけで、『ああ、生まれてきて良かった』と思える。

「お父様、ご迷惑でなければお母様のことをもっと教えて頂けませんか？　ここを去る前にお母様のことをもっとよく知っておきたいんです」

この機会を逃したら、もう二度とお母様を知るチャンスは訪れないかもしれないから……だから、今のうちに知っておきたい。

そんな私の思いが届いたのか、父は笑って頷いてくれた。

「ああ、分かった。でも、話の続きは中に入ってからだ。これ以上、外に居ると風邪を引いてしまうからな」

そう言って、父は私の背中に手を添えて歩き出す。私の体調を気遣ってくれる父の優しさに自然と笑みが零れた。

◇◆◇◆

それから、私は父と夜通し母の話をした。

母が努力を重ね、父に一度だけチェスで勝ったこと。母が夜中にこっそり作る夜食が凄く美味しかったこと。努力家で真面目だけど、ちょっとした悪戯で父を困らせていたこと。フローラと一緒に花を摘みに行くのが好きだったこと。そして————死ぬその瞬間まで決して誰も恨まなかったこと。

父は今までの分を取り戻すかのように母のことを色々話してくれた。まるで宝物を見せるかのように大切そうに……一言一言にたくさんの思いを乗せながら。

そうして、私は父と夜を明かし————いつの間にか眠っていたのか、自室のベッドで目を覚ました。

あれ、ここ……。私さっきまでお父様の書斎に居た筈じゃ……。

寝起きで意識がぼんやりする中、私はベッドから起き上がり、掛け時計へ目を移す。時計の針は十一時三十五分を指していた。

えっ!? もうこんな時間!? 早く着替えて、食堂に行かないと……って、これ夜会用のドレスのままだわ！

一気に覚醒した私はクシャクシャになったドレスを見て青ざめ、慌ててベルを鳴らした。

◇◆◇◆

駆け付けたメイドたちの手を借りて、湯浴みと着替えを済ませた私は急いで食堂へ向かった。そこにはもう既に父と姉の姿があり、先に朝食……じゃなくて、昼食を摂っている。

「おはようございます、お父様、お姉様。起床が遅くなってしまい、申し訳ありません」

「おはよう、カロリーナ。起床時間に関しては気にしなくていい。私の方こそ、昨日は遅くまで話に付き合わせてしまって、悪かったな」

相変わらず、ぶっきらぼうな言い方だが、言葉の端々から父からの愛情を感じる。『嗚呼、昨日のことは夢じゃなかったんだな』と、少しだけ安心してしまった。

「いえ、そんな……お母様の話が聞きたいと言ったのは私の方ですから、お父様は謝らないでください」

胸の前で手を振って答えれば、父は『まあ、座りなさい』と近くの席を勧めてくれた。普段の食卓からは考えられないほど穏やかな雰囲気が流れる中、ただ一人だけ『穏やか』と程遠い反応を示す者が……。

「……お母様の話？　何でカロリーナとお父様がそんな話を……」

険しい表情でそう呟くのは……姉のフローラだった。母カレンのことには敏感に反応を示すフローラはカロリーナを忌々しげに見つめる。が――父との会話に夢中な彼女がそれに気づくことはなかった。

「カロリーナ、明日の午後少し空いているか？」

「ええ、空いていますわ」

「なら、一緒に出掛けないか？　久しぶりにカレンの墓参りでも行こうと思っててな。残念なことにフローラは予定が入っていて行けないが……」

お母様のお墓参りか……。フローラが物凄く嫌がるからあまり行かなかったけど、最後くらい別に良いわよね……？　この機会を逃したら、もう気軽にお墓参りなんて行けないもの……。

それにフローラは予定があって行けないみたいだし。

「ええ、是非ご一緒させてください」

私はただ無邪気に笑って、父の申し出を受け入れた。

――隣に座る姉がどんな気持ちで私たちの会話を聞いていたかなんて、知らずに……。

◇◆◇◆

父とお墓参りの詳細について話し合いながら昼食を食べ終えた私は出立準備をするため、自室へ戻っていた。

大きめのキャリーバッグをクローゼットの奥から引きずり出し、その中に必要なものを詰めていく。ネイサン国王陛下から、『セレスティア王国から、マルコシアス帝国までの移動に必要なものだけでいい』と言われているため、荷物はそこまで多くなかった。

帝国での暮らしに必要なものはセレスティア王国とマルコシアス帝国の王家から援助してもらえるみたいだし、必要最低限の荷物だけで良さそうね。あんまり大荷物になると、周りから怪しまれてしまうし。

帝国までの移動期間などを考えながら準備を進めていれば、不意に部屋の扉が開け放たれる。ノックもなしに私の部屋に入って来たのは――――とんでもなく不機嫌なフローラだった。

「カロリーナ、お母様を殺した貴方がお墓参りに行くだなんて許されると思っているの？　それにお母様の話って、何？　昨日、お父様と一体何を話したの!?」

いつになく感情的なフローラは目尻を吊り上げて、私を睨み付ける。『そう言えば、あの場にフローラも居たんだったわね』と思いながら、手に持っていた服をベッドの上に置いた。

「お姉様に私の行動を制限する権利はありませんし、お父様との会話をいちいち報告する義務もないと思いますが？」

三日後に家を出ると決まっているからか、ついつい反抗的な態度を取ってしまう。私に正論を振り翳《かざ》されたフローラはギシッと奥歯を噛み締めた。彼女の怒りが瞬く間にヒートアップしてしまう。

「権利とか義務とか、そんなのはどうでもいいのよ！　出来損ないのアンタはただ私の言うことを聞いていれば良いの！　口答えしないで！」

随分と理不尽な言い分だと思う。だが、彼女にはその『理不尽』を実現させるだけの力があった。

――――まあ、国外へ行く私にはもう通用しないけど。だって、フローラの影響力は国内限定のものだもの。

「確かに私は出来損ないですが、それがお姉様に従う理由にはなりません。用件がそれだけなら、お帰りください。これでも、私は忙しいんです」

扉を指さしてそう言えば、フローラは顔を真っ赤にして喚《わめ》き散らした。

「何ですって!?　お父様と少し仲が良くなったからって、調子に乗らないでちょうだい！　調子づくのは勝手だけど、これ以上私に逆らうつもりなら、ただじゃおかないわよ！」

「別に調子には乗っていません……が、これ以上騒ぐおつもりなら、調子に乗ってお父様にこのことを告げ口するかもしれません」

父の名前を出した時、フローラが明らかに一瞬怯《ひる》んだ。が、弱点を私に見せまいと直ぐに表情を元に戻す。

本当は人の名前を使って誰かを脅すだなんて、やりたくなかったけど……今回ばかりはしょうがない。このままフローラの相手をして、時間を無駄にする訳にはいかないもの。さっさと準備を終わらせるためにも、フローラには出て行ってもらわないと……。

「……脅しのつもり？」

「それはお姉様の捉え方次第ですわ」

フローラは私の冷静な態度に、チッと小さく舌打ちすると苦渋の決断を下した。

「分かったわ。今日のところは引いてあげる。でも、あまり調子に乗らないことね。私はいつでも貴方を潰せるんだから。この脅しが何度も通用すると思わないでちょうだい」

フローラは威嚇するようにギロリと私を睨み付けると、さっさと部屋を出て行ってしまった。ただの負け惜しみとは思えない捨てゼリフに苦笑しながら、私は静かになった室内で息を吐く。

「一応、勝ったって言うのに震えが止まらない……。慣れないことはするもんじゃないわね……」

こんな風に姉に反抗するのは初めてだったため、私の手はおかしいくらいに震えていた。この震えが恐怖から来るものなのか、歓喜から来るものなのかは分からない。

ただ――――何かを成し遂げたという達成感だけは確かに感じていた。

◇◆◇◆

その翌日。約束通り、私と父はお母様のお墓参りに来ていた。

母のお墓は見晴らしのいい丘に建てられており、その周囲には青と白のヒヤシンスの花が咲き乱れていた。

ヒヤシンスの花言葉は確か……青が『変わらぬ愛』で、白が『控えめな愛らしさ』だったかしら？　お父様って、見掛けによらず、意外とロマンチックだったのね。

「カロリーナ、こっちだ」

「あ、はい！」

私は先頭を歩くお父様に手を引かれるまま、お花畑に足を踏み入れる。綺麗に咲いたヒヤシンスの花を踏まないよう気を付けながら、私はお父様と一緒にお墓の前まで来た。

『カレン・サンチェス』と名前が彫られたこの白い石こそ、母のお墓である。丁寧に手入れされたその墓はコケ一つ生えていなかった。

昔と何一つ変わらないお母様のお墓……。私を取り巻く環境は目まぐるしい速さで変わっていると言うのに、ここだけは何も変わらない……それが少しだけ嬉しかった。

私と父は数秒お墓を見つめたあと、どちらともなくその場に腰を下ろした。そして、そっと目を閉じる。

感じるのは暖かい春の風とヒヤシンスの爽やかな香りだけ……。この静かな空間が妙に心地よかった。

「久しぶりだな、カレン。最近なかなか会いに来られなくて、悪かった。お前がこの世を去ってから、もうすぐ十六年の歳月が経《た》つが、そっちの暮らしにはもう慣れたか？　私は未だにお前の居ない生活に慣れることが出来ない……。いつも、気が付いたらお前の面影を探しているんだ……」

父の話し声につられるように目を開ければ、父の寂しそうな……でも、どこか嬉しそうな顔が目に入る。その目が……その声が……母への愛を雄弁に物語っていた。

お父様とお母様は政略結婚だと聞いていたけど、二人の間にはきちんとした愛があったのね。それは何だかとても羨ましいわ。

「そうだ、聞いてくれ、カレン。カロリーナがもうすぐ十六になるんだ。時が経つのは早いものだな。お前が腹を痛めて産んだ子供たちはもう親の手から離れる時期なんだ。私は仕事以外何も出来ないから、娘たちにしてやれたことは少ないが、それでも私の元を巣立っていく娘たちのことを思うと寂しく思うよ……」

お父様は『もっと何かしてやれば良かったな』と最後に小さく零すと、こちらに寂しげな目を向けてきた。僅かに潤んだエメラルドの瞳が『次はお前の番だ』と告げている。

何を話そうか――――なんて考える前に、私の口は勝手に動いていた。

「お久しぶりです、お母様。お元気ですか？　私はお母様が頑丈な体に生んでくれたおかげでピンピンしています。元気だけが取り柄の私ですが、実は最近結婚が決まりました。なんと、お相手はマルコシアス帝国の第二皇子です。いつか誰かと結婚するだろうとは思っていましたが、さすがにこれは予想外でした。世の中、何があるか分かりませんね」

『両国の友好関係を保つための結婚』とは告げずに、結婚の報告だけをする。そんな時、私の脳裏にある疑問が過《よぎ》った。

その疑問は長年、私に付き纏《まと》い続けたものだ。でも、それを口にすることは決してなかった。だって、その疑問を口にしても何の意味もないから。

――――答えが返ってこない質問に何の意味がある？

「……意味なんてないわ。ただ――――逃げるのをやめるだけよ」

「？」

自問自答して、勝手に自己完結した私に父は小首を傾げるが、何か聞いてくることはなかった。

それはきっと、私の顔がやけに真剣だったせいだろう。

「お母様、恐らく今回が最後のお墓参りになるでしょう。だから、最後に一つだけ聞かせてくださ
い……」

私は緊張で震える手を握りしめ、小さく深呼吸する。そうすることで、揺らぎそうになる決意を
何とか繋ぎ止めた。

――――私はもう逃げない。逃げたくない！

「お母様は――――私を産んで良かったと思っていますか？」

長年私に付き纏った疑問を口にした時、隣で息を呑む音が聞こえた。父が今どんな表情をしてい
るかなんて知らず、私は言葉を続ける。

「私はセレスティア王国の貴族たちに『サンチェス公爵家唯一の出来損ない』と呼ばれています。

頭脳や運動神経は人並程度。容姿だって美しくありません。私にはサンチェス公爵家のご先祖様み
たいに、優秀な頭脳も特筆すべき才能もないのです……。おまけに私はお母様の死亡原因に深く関
わっている……。『出来損ないのカロリーナなんて産まなければ良かった』と……考えたことはあ

りませんか?」

後半は情けなく声が震えてしまった。だって、『産まなければ良かった』だなんて……自分の存在を全面否定するようなものだもの……。

それでも、これだけはどうしても聞いておきたかった……たとえ、返事が返ってこなくても。これは私のケジメだから。

私は何か言いたげな表情を浮かべる父に対し、小さく首を振った。静かに口を噤《つぐ》む父を尻目に、私はゆっくりと立ち上がる。

「返事はいりません。だって、お母様の声は私に届かないもの。それから、ごめんなさい。実の娘が母親に『産んで良かった?』なんて……失礼なことを聞いてしまって。お母様の心を傷つけていたら、ごめんなさい。でも――後悔はしていません」

私はそうキッパリ言い切ると、改めてお母様のお墓と向き合った。この思い出の場所を忘れぬようにと、しっかりと目に焼き付けておく。

「お母様、私はもう会いに来られないけれど、『サンチェス公爵家唯一の出来損ない』がどんな人生を歩むのかそこで見守っていてください。私はもう自分の運命から逃げたりしませんから」

私は自信に満ち溢れた表情でそう宣言した。緩む頬を引き締めながら、私は優雅にお辞儀する。

――お母様に最大限の敬意を。

「それでは、お母様ごきげんよう」

淑女らしい挨拶で最後を締めくくれば、春風が私の背中を押す。

ただの偶然に過ぎないんだろうが、まるでお母様が『行ってらっしゃい』と言っているように感じた。

さあ、これで過去とのケジメはついた。あとは前に進むだけ。もう立ち止まっている暇などないわ。

◇◆◇◆

そうして、母のお墓参りを終えた次の日。私はついに旅立ちの日を迎えていた。

まだ日の出前だと言うのに、屋敷の前には人が集まっている。と言っても、私の旅立ちは極一部の人間しか知らないため、数人の従者とお父様しか居ないが……。実の姉のフローラや使用人には『アカデミーの卒業旅行に行ってくる』と説明し、見送りは不要だと伝えてある。

そのため、ここに集まってくれた人は本当に少ない……それでも、私は父が見送りに来てくれただけで満足だった。

まあ、当の本人は仕事疲れと寝不足で今にも死にそうな顔をしているけど……。恐らく、昨日は徹夜したのだろう。母のお墓参りに時間を割いたせいでスケジュールが一気に狂っただろうし……。

「お父様、お忙しい中見送りに来てくださり、ありがとうございます」

「礼などいらん。娘の門出に親が立ち会うのは当然のことだ」

愛情表現が上手《うま》く出来ない、不器用な父はぶっきらぼうにそう言い放つ。前までの私なら、『親の義務を果たすためにここに居るんだな』と消極的な考えをしていただろうが、今は違う。父の本心を知った今、感じるのは彼の不器用な愛情だけだった。

ここを去る前に、お父様の愛情に気づけて本当に良かった……。お父様を誤解したまま、家を出ていたら絶対に後悔していたもの。

まあ、欲を言えばもっと早くお父様の愛情に気づきたかったけれど……。

私は悲しみが入り混じったエメラルドの瞳を見上げ、涙を堪えるように唇を強く引き結んだ。

『まだここに居たい』という気持ちを押し殺して、私は優雅にお辞儀する。

「お父様――――十六年間、大変お世話になりました」

発した声は情けなく震えており、目尻には涙が浮かんでいた。泣かないようにと必死になって、歯を食いしばる。

本当はもっと色々言いたいことがあったのに……！

涙を堪えるのに精一杯で何も言えない……！

嗚呼、もう本当に……情けない。最後くらい格好よく締めたいのに。

泣きそうな顔を見られたくない私は顔を上げられずにいた。父はそんな私をただ静かに抱き締める――――父の腕の中は驚くほど暖かかった。

「カロリーナ・サンチェス、私はお前が娘であることを誇りに思う。カレンと私の元に生まれて来てくれて、本当にっ……本当にありがとう」

父は若干鼻声になりながらも、私の一番欲しかった言葉をくれた。その言葉一つで、私が生まれて来たことは間違いじゃなかったんだと思える。

私は頬に伝う涙の感触を感じながら、父の体を抱き締め返した。

恐らく、父は私が昨日口にした疑問をずっと気にしていたのだろう。だからこそ、別れの言葉にこれを選んだ。ここで『カレンも同じ気持ちだ』と言わないあたり、実にお父様らしかった。

死者の代弁など、いらない。私はお父様の言葉《答え》だけでいい。

「ありがとうございます、お父様。その言葉が聞けて安心しましたわ。帝国でも元気にやって行けそうです」

「礼など必要ない。私は思ったことをそのまま言ったまでだ」

こんな時でも変わらないぶっきらぼうな態度に苦笑しながら、私はお父様から少しだけ体を離す。

顔を上げれば、父の泣き顔が目に入った。

普段は真顔かしかめっ面しか見せないお父様が……年甲斐もなく泣いている。それも私のために。

「カロリーナ、別に特別にも一番にもならなくて良い。ただ元気に……健やかに過ごしなさい。私がお前に望むのはそれだけだ」

「はいっ……！　分かりました……！」

父のなんてことない望みを受け入れれば、彼は安心したように私から体を離した。『本当にもうお別れなんだ』と思うと、胸が苦しくなる。でも、私はこの家のためにも行かなきゃいけなかった。

「カロリーナ、気を付けて行きなさい。くれぐれも無茶はしないように」

私の頭を撫でてぎこちなく笑うお父様はやはり、寂しげで……でも、決して私を引き留めない。

一生懸命、私の背中を押してくれている。

そんな父のエールを受け取り、私も頑張って笑顔を作った。

「はい、お父様。行って参りますっ！」

私は別れを惜しみながらも、父に別れの言葉を告げた。決意が揺らぐ前にと、クルリと身を翻す
——私は長年過ごした屋敷とお父様に背を向けた。

大丈夫……。別れを惜しむ気持ちはあれど、この地にはもう後悔も思い残しもない。新しい地で
一から頑張れる自信もある。だから、大丈夫。

そう強く言い聞かせ、私は王家が用意した馬車へと乗り込んだ。後ろから鼻を啜《すす》る音が聞こえる
が、私はもう振り返らない。ただ真っ直ぐ前を見据えた。

間もなくして、馬車が走り出す。

——こうして、私は住み慣れた屋敷と父の元を後にした。

第二章

馬車に揺られること三十分……約束の場所が見えてきた。涙で崩れたお化粧を直しながら、窓の外へ目をやれば、ある集団が居るのを見つける。

その集団とは――皇家直属の騎士団、『烈火の不死鳥』団だ。

私はこれから、『烈火の不死鳥』団と合流し、帝国に着くまで彼らと行動を共にしなければいけない。と言うのも、私の移動を秘密裏に行わなければならないからだ。

セレスティア王国やマルコシアス帝国が私の移動のために兵士を動かせば、貴族たちに不審がられるし、情報漏洩《ろうえい》のリスクも高まる。

そこで皇帝陛下が『遠征帰りの『烈火の不死鳥』団に途中で合流し、共に行動すれば良いのではないか』と提案してきたのだ。

完全実力主義の『烈火の不死鳥』団なら、魔物や山賊に襲われても問題ないし、遠征帰りのついでなら周りに怪しまれることもない。何より――皇帝陛下と謁見する前に、エドワード皇子殿下と顔合わせが出来る。これが一番のメリットだった。

デメリットと言えば、我が家の使用人を一人も連れて行けないことだけど……『こちらは変な気を起こすつもりはない』と示すためにも、私一人で帝国に行く方が良い。

侍女や護衛については帝国側が用意してくれるみたいだし、生活に不便はないだろう。まあ、それでも帝国に一人で行くのはちょっと心細いけれど……。

『はぁ……』と溜め息を零した私は化粧道具をカバンの中にしまう。すると、タイミング良く馬車が止まった。

窓の向こうには大量の馬車と馬を引き連れる騎士たちの姿が……。

「遠征帰りなだけあって、人数が多いわね……」

大通りを埋め尽くすほどの人数の多さに圧倒されながら、私は御者の手を借りて馬車を降りた。

騎士たちの注目が私に集まる。

『烈火の不死鳥』団には平民が多く所属しているせいか、正面から思い切り見つめられた。

その視線に不快感は感じないが、大勢の人に注目されるとさすがに緊張してしまう。

私は緊張で強張《こわば》る体に鞭《むち》を打ち、勇気を振り絞って彼らを見つめ返した。

「『烈火の不死鳥』団の皆様、お待たせしてしまって申し訳ありません。私はサンチェス公爵家の次女、カロリーナ・サンチェスですわ。しばらくお世話になります」

淑女らしい優雅な所作でお辞儀し、彼らの反応を見守る。さすがに好感触とまではいかないが、警戒心が少し解けたように思えた。

――――と、ここで金と赤で彩られた馬車の扉が開く。

そこから、鋼の鎧《よろい》に身を包んだ体格のいい男性が現れた。その男性の登場により、この場の空気がガラリと変わる。

な、何？　この重たい空気は……。息が詰まりそうだわ。それにこの静寂……。人だけでなく、風に揺れる草木さえも空気を読んだように沈黙している。

早くも胃がキリキリし始めた私は胃痛の原因である男性にそっと目を移した。

燃えるような紅蓮《ぐれん》の短髪と、ゴールデンジルコンを彷彿《ほうふつ》させる金色《こんじき》の瞳。彫りの深い顔立ちからは男らしさと勇ましさを感じ、切れ長の目は凜々《りり》しい印象を持たせた。また鎧越しからでも分かる筋肉質な体つきと二メートル近い身長も非常に好ましく、女性ウケしそうな印象を与える。

金と赤のリバーシブルになった大きなマントもよく似合っていた。

彼が誰かなんて、わざわざ尋ねなくてもその圧倒的存在感と特徴的な外見のおかげで直ぐに分かる。

彼は……いや、彼こそが――エドワード・ルビー・マルティネス。マルコシアス帝国の第二皇子にして、『烈火の不死鳥』団の団長。そして、私の旦那様となるお方だ。

噂《うわさ》には聞いていたけど、本当に存在感……と言うか、威圧感が半端ないわね。それにこの鋭い目つきと泣く子も黙る無表情……国民たちに恐れられる訳だ。

もう少し愛想を良くしたら、女性人気が爆発しそうだけど……ルックス自体はオールパーフェクトだし。

なんて考えていれば、こちらへ向かって来ていたエドワード皇子殿下が私の前で足を止める。

「カロリーナ・サンチェス公爵令嬢、約束の時間を過ぎた訳ではないのだから、我々に謝罪する必要はない。堂々としていろ」

「は、はい……！」

抑揚のない声でぶっきらぼうにそう言い放つエドワード皇子殿下は冷徹なまでの無表情で……やっぱり、ちょっと怖かった。

でも、想像していたイメージとは大分違うわね。もっと傲慢でワガママな方かと思っていたわ。『俺を待たせるなんて何様だ⁉』くらい言うと思ったんだけど……顔が怖くて無愛想ってだけで悪い人には見えない。

まあ、まだ出会ったばかりだから善人とも言い切れないけど……。

でも、もし彼が噂とは違う人物だったら……。

そんな考えが私の脳裏を過った時、エドワード皇子殿下が『あぁ、そうだ』と何か思い出したかのように口を開いた。

「自己紹介がまだだったな。私はエドワード・ルビー・マルティネスだ。帝国の第二皇子で、『烈火の不死鳥』団の団長を務めている。名前は好きなように呼んでくれ。君とは恐らく長い付き合いになるだろうから、よろしく頼む」

何の躊躇《ためら》いもなく、差し出された手に私は思わず目を見開いた。

男尊女卑が横行するこの世界で女性に握手を求める男性は極端に少ない。大半の男性は女性を対等な関係として扱わないから……。相手が次期聖女などの特別な存在なら別だが、私はそうではない。

この握手に深い意味はないのかもしれないけど、彼が私を対等な立場の人間として扱ってくれているみたいでちょっとだけ嬉しかった。

「こちらこそ、よろしくお願い致します、エドワード皇子殿下」

「ああ」

差し出された手を掴むと、赤髪金眼の美丈夫は力強く握り返してくれた。父とはまた違うゴツゴツした手に内心ビックリしていると、不意に手が離される。

「結婚式などの詳しいことについては馬車の中で話す。さすがにここでは目立つからな。私と同じ馬車に乗ることになるが、構わないか？」

「ええ、構いませんわ。気にかけてくださり、ありがとうございます」

そう笑顔で返せば、赤髪の美丈夫は僅かに目を見開いた。が、直ぐにポーカーフェイスへと戻る。

今の反応は一体……？

「礼など不要だ。それより、早く行くぞ」

私の思考を遮るようにそう声を掛けたエドワード皇子殿下は馬車に向かって歩き出す。そうなると、私も動かなくてはならない訳で……。

彼の大きな背中を私は慌てて追いかけるのだった。

◇◆◇◆

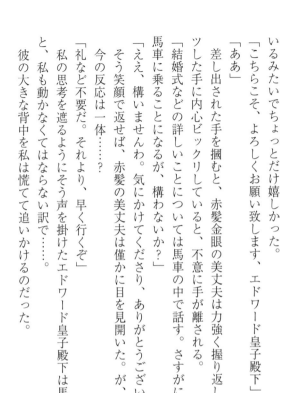

それから、エドワード皇子殿下の案内で騎士団の馬車に乗り込んだ私は流れる景色を眺めながら、馬車に揺られていた。騎士団が使用する馬車は揺れを抑えることよりも、機動性やスピードに重点を置いているため、普通の馬車よりも揺れやすく、酔いやすい。

でも、その分スピードが早く、小回りも利くため、遠征や戦争ではよく使われていた。

うぷっ……噂には聞いていたけど、結構酔うわね。覚悟はしていたけど、貴族用馬車しか乗ったことがない私にはちょっとキツいわ……。

軍事用馬車の揺れに耐性がない私は死んだような目で外の景色を眺める。今の私には表情を取り繕う余裕すら残されていなかった。

「少し風に当たれ。多少は楽になる筈だ。それでも辛いなら、馬車の速度を落とす」

「す、すみません……ありがとうございます」

激しい乗り物酔いに見舞われる私を見かねて、エドワード皇子殿下自ら馬車の窓を開けてくれた。早春特有のひんやりとした風が馬車の中に吹き込む。冷たい風に当たったおかげか、少しだけ気分が良くなった。

「すみません、もう大丈夫です。お手数お掛けして、申し訳ありません」

「いや、気にするな。最初は皆そんなもんだ。こっちこそ、普通の馬車を用意してやれなくて悪かったな」

「いえ、そんな……」

無愛想ではあるものの、あの『戦好きの第二皇子』とは思えないほど親切な対応をしてくれるエドワード皇子殿下に、私は内心戸惑いを隠せない。まだ出会って一時間も経っていないが、彼の言動から人柄の良さが滲《にじ》み出ていた。

噂とは正反対の善人っぷりに困惑していると、エドワード皇子殿下の隣に座る男性が私にブランケットを手渡してきた。

「そのままでは冷えますので、良ければこれをお使いください」

柔らかいテノールボイスを発する男性は私に向かって、ニッコリ微笑む。こちらの男性はエドワード皇子殿下と違って愛想が良さそうだ。

私は手渡されたブランケットを膝に掛け、有り難く使わせてもらう。

「ありがとうございます。少し足が冷えていたので助かりました。それで、その……」

「あぁ、そう言えば自己紹介がまだでしたね。私はエドワード皇子殿下の補佐をしているテオドール・ガルシアと申します。以後お見知りおきを」

至って普通の自己紹介を披露してくれたテオドール様だったが、私は彼の正体を知って驚愕《きょうがく》している。その理由は彼の経歴と能力にあった。

――――テオドール・ガルシア。

子爵家の次男坊にして、『烈火の不死鳥』団の副団長を務めているお方だ。実力主義を掲げる『烈火の不死鳥』団で彼が周りから慕われる要因は二つ。

一つ、彼が持つ優秀な頭脳。テオドール様は非常に頭の切れる方で、彼の立てた作戦は必ずと言っていいほど成功している。

二つ、彼の圧倒的魔法の才能。テオドール様は全属性持ちの天才魔導師で、魔力のコントロールにも長けている。子爵令息である彼がエドワード皇子殿下の側近に選ばれたのも、その才能を見込まれたからだ。

他国にまでその名が轟くほど優秀なテオドール様だったが、彼には他にも武器があった。その武器とは――――ずばり、顔だ。

顎まであるサラサラの金髪に、宝石のペリドットを彷彿させる黄緑色の瞳。肌は陶器のように白く、鼻筋はシュッとしていた。中世的な顔立ちは美しく、思わず女性と見間違えてしまうほど……。視力が悪いのか、黒縁メガネを掛けているが、それがより彼の美しさを際立たせた。

美形だとは聞いていたけど、まさかここまでとは……。女装すれば、フローラに匹敵する美女になるんじゃ……。

「あの……私の顔に何か付いていますか？」

テオドール様の顔を凝視し過ぎたせいか、金髪の美男子が困ったような笑みを浮かべた。ハッと正気に戻った私は慌てて彼から視線を逸らす。

「も、申し訳ありません……！　あまりにもお顔が綺麗だったので見惚《みほ》れてしまいました！」

「おや、そうだったんですか。カロリーナ様に顔を褒められるだなんて、光栄です」

ふわりと柔らかい笑みを浮かべたテオドール様は穏やかな目でこちらを見つめる。ペリドットの瞳からは怒りも憎しみも感じられなかった。

「おい、雑談はその辺にしてさっさと本題に入れ。これじゃあ、いつまで経っても説明が終わらないぞ」

そう指摘したのは黙ってこちらの様子を見守っていたエドワード皇子殿下だった。彼の一言でほんわかしていた雰囲気が一気に引き締まる。

そ、そうだった！　まだ結婚式の説明とか一切受けてないんだったわ！　まあ、それもこれも乗り物酔いした私のせいだけど！

「ふふっ。エドワード皇子殿下はせっかちですね、こういう時だけ。書類仕事の時もこのくらい、せっかち……と言うか、やる気があると良いのですがね」

「……それは今、関係ないだろ」

「ふふっ。そうですね。では、この話はまた今度じっくりとしましょうか」

「えっ……」

ほんの一瞬だけ表情を強張らせたエドワード皇子殿下はテオドール様から、パッと視線を逸《そ》らす。

金髪の美男子はそんな彼を楽しげに見つめていた。

な、なるほど……テオドール様は腹黒だったのね。これはちょっと予想外だったわ。普通に良い人だと思い込んでいた……。

でも、思い返してみればテオドール様の笑顔はちょっと胡散《うさん》臭かっ……。

「──カロリーナ様」

「は、はいっ！」

突然声を掛けられたことにビックリして、声が少し裏返ってしまう。そんな私をテオドール様は笑顔で見つめていた。

ま、まさか『笑顔がちょっと胡散臭い』って思ってたのバレてるんじゃ……？

「あ、あの……ご用件は？」

「用件？　あぁ、エドワード皇子殿下の言う通り、もうそろそろ本題に入ろうかと思いまして……カロリーナ様も色々気になっていることがあるでしょうし」

あ、あぁ……なんだ、そのことか。私の思考が見透かされていた訳じゃなかったのね。安心したわ。

ホッと胸を撫で下ろした私は彼の言葉に一つ頷く。

「では、僭越《せんえつ》ながら私の方から説明をさせて頂きますね。エドワード皇子殿下は説明が下手なので」

「……」

「あ、はい。よろしくお願いします」

ドストレートに『説明が下手』と言われたのにも拘《かか》わらず、エドワード皇子殿下は我関せずといった様子で一切反応を示さなかった。聞こえていなかったのか、もしくは……図星だから何も言えないのか。真相は彼のみぞ知る、である。

「まず、お二人の婚約及び結婚発表についてですが――二週間後の建国記念パーティーで大々的に行う予定です」

「えっ!?　二週間後!?」

それはあまりにも急過ぎるんじゃ……。確かにセレスティア王国とマルコシアス帝国の今の関係を考えるなら、早めに発表した方が良いんだろうけど、あまりにも準備期間が短すぎる。でも、建国記念パーティーで発表するメリットを考えると真っ向から反論も出来なかった。

帝国の建国記念パーティーは他国の王族も招いた大規模なものだ。ここでエドワード皇子殿下と私の結婚を発表すれば、それなりにインパクトがあるし、他国への情報伝達も早い。これは大きなメリットだった。

でも、やっぱり……幾ら何でも早すぎる。

「発表時期をもう少し遅らせる訳にはいかないのですか？」

「残念ながら、それは不可能です。お二人の結婚式を建国記念パーティーの二週間後……今からだと、ちょうど一ヶ月後に控えています。これ以上、発表を遅らせると結婚式の日取りも見直さなければなりません」

「つまり、これは決定事項だと……？」

「まあ、そうなりますね。こちらでもうスケジュールを組んで動いている状態なので、今更変更は出来ません」

変更不可を言い渡され、私は深い溜め息を零した。

最初から、私に意見を言う権利はなかったってことね。まあ、そもそもこれは政略結婚だし、私に選択肢なんてある訳ないわよね……。

「急な話で混乱しているかと思いますが、結婚発表にも結婚式にも決して手を抜かないとお約束いたしますので、安心してください。我々が責任をもって、お二人をサポートし、完璧な準備を致します」

「テオドール様……」

落ち込む私に慰めの言葉ではなく、精一杯のエールをくれたテオドール様。どうやら、彼はただの腹黒ではないらしい。

ハッキリ言ってまだ不安は拭えないし、そんな滅茶苦茶なスケジュールで間に合うのか心配だけど……決定事項ならやるしかないわね。ここでうだうだ文句を言っていても何も変わらないもの――『出来ない』と嘆くのは挑戦してからでも遅くないわ。

だから、まずは挑戦してみましょう。

「分かりました。上手く行くかどうか分かりませんが、精一杯頑張らせてもらいます！」

テオドール様の言葉に背中を押され、そう答えれば、彼はニコッと笑った。その笑みが黒く見えたのは私の気のせいだと思いたい……。

「ふふふっ。その意気ですよ、カロリーナ様。カロリーナ様にはこの一ヵ月の間に結婚式の準備や花嫁修業、帝国式のマナーの習得から歴史や魔法の勉強までして頂きますから。そのくらいやる気がないと、この過酷な一ヵ月は乗り切れませんよ」

実に生き生きとした表情で過密スケジュールを告げるテオドール様に、私は頬を引き攣《つ》らせた。

『そんなの聞いてない！』と思わず叫びそうになる。

やっぱり、この人はただの腹黒だわ……。

「カロリーナ様、一緒に頑張りましょうね」

「はい……」

金髪の美男子は私の返事に満足げに頷くと、『説明は以上です』と言って話を切り上げる。そんな彼の隣で、エドワード皇子殿下が私に同情の眼差しを向けてきた。

エドワード皇子殿下、同情するくらいなら助けてください……私には、あんな過密スケジュールをこなせる自信がありませんわ。

◇◆◇◆

それから、私は帝国での生活に必要な知識をテオドール様に教えてもらったり、軽く仮眠を取ったりしながら、長い移動時間を過ごし――――森で夜を迎えていた。

『烈火の不死鳥』団の皆さんは美しい星空の下で野営の準備に励んでいる。魔法を駆使して火を起こしたり、水を補給したりする団員たちを見守りながら、私は馬車の中で待機していた。

お世話になっている身なのに何も出来ないのは心苦しいけど、私が手伝いに行っても邪魔なだけよね。私の場合、雑用はおろか外で夜を明かすこと自体初めてなのだから……。

まあ、普通の令嬢なら野営を体験することなんて、まずないだろうけど……。エドワード皇子殿下との結婚が決まってから、イレギュラーなことばかりね。

『はぁ……』と深い溜め息を零すと、馬車の直ぐ傍で私を護衛していた一人の騎士がこちらを振り返った。

「すみません、カロリーナ様……貴族様が野営だなんて嫌ですよね……」

心底申し訳なさそうな表情を浮かべるその騎士はペコペコと頭を下げる。口調からして、貴族の子息ではなさそうだが、やけに礼儀正しい……と言うか、優しい人だった。

「一応、団長と副団長にはカロリーナ様だけでも街の宿に泊まってもらった方が良いって言ったんですけど、『リスクが大きい』って断られちゃって……。力になれず、申し訳ありません……」

シュンと肩を落としたその男性からは嘘っぽさが微塵《みじん》も感じられない。それどころか、『貴族に取り入ろう』という邪《よこしま》な考えさえも感じられなかった。

そうか。彼は私を本気で心配して、色々気遣ってくれたんだ……。今まで敵意しか向けられて来なかったから、純粋な善意を向けられるのは何だか照れ臭いわね。

「色々気遣ってくれて、ありがとう。でも、私は大丈夫よ。確かに野営は初めてだし、ちょっと怖いけど、嫌だとは思っていないから。だから、貴方が気に病む必要は……っと、そう言えばまだ貴方の名前を聞いてなかったわね。差し支えなければ、貴方の名前を教えてもらえないかしら？」

彼の緊張をほぐすように笑いかければ、彼はパァッと表情を明るくさせた。反応があまりにも分かりやす過ぎて、『子供みたいな人だな』と思ってしまう。

「俺、コレットって言います！　平民なので苗字《みょうじ》はありません！　カロリーナ様に名前を聞かれるだなんて、光栄で……」

嬉々《きき》として自分の名前を名乗ったコレットだったが、突然言葉を切り、剣の柄に手を掛けた。さっきまでの笑顔が嘘のように消え去り、険しい表情で周囲を警戒し始める。

何かあったのは明白だが、素人の私には何が起きたのか全く分からなかった。

「ね、ねぇ……コレット、一体何があっ……」

「――――カロリーナ様!!　伏せてください!!」

コレットが私の言葉を遮り、そう叫んだ瞬間――――数十メートル離れた草むらから、複数の弓矢が飛んできた。抜刀したコレットが馬車と草むらの間に立ち、飛んできた弓矢を瞬時に切り捨てていく。

さすがは帝国の騎士と言うべきか、実力は本物だった。

「『烈火の不死鳥』団各員に告ぐ！　南方面の草むらより、複数の賊を確認！　他に仲間が居る可能性あり！　至急戦闘配置に着け！　警戒を怠るな！」

コレットが大声で敵襲の存在を知らせれば、野営の準備に着手していた団員たちは瞬時に武器を手に取った。ワイワイと賑《にぎ》やかだった雰囲気が一瞬にして殺伐としたものに変わる。

う、そ……賊!?　何でこんなところに……!?　というか、どうして『烈火の不死鳥』団を狙って……!?　野営に危険はつきものだけど、まさか初日でこんな……。

「カロリーナ様！　危険ですので、馬車の中で伏せていてください！」

コレットの怒鳴り声に近い大声にビックリして、ハッと我に返る。

そうだわ。とにかく今は自分の身を守らなくちゃ！　ボーっとしている場合じゃない！　この体はもう私一人のものではないのだから！　祖国のためにも死ぬ訳にはいかないわ！

そう自分に言い聞かせ、慌てて伏せようとする私だったが――――もう手遅れのようだ。

コレットが討ち漏らした一本の矢が馬車の小窓……いや、私目掛けて真っ直ぐ飛んできていた。

討ち漏らしに気づいたコレットが自分の防御を捨て、必死の形相でこちらに駆け寄ってくるが……

生身の人間が弓矢のスピードに敵う訳がない。

『絶体絶命』という言葉が脳裏を過る中、例の弓矢がもう直ぐそこまで接近していた。

私はここで死ぬの……？　まだ自分の役目も果たしていないのに……？

お父様に恩返しも出来ないまま……？

そんなの……そんなのっ！

「絶対に嫌っ……！」

『死にたくない』と切実に願った次の瞬間――――窓の向こうに広がる景色が『赤』で覆い尽くされた。赤いそれは直ぐそこまで接近していた弓矢を一瞬にして灰に変え、山賊から馬車を守るように壁となる。

――――その紅蓮の炎はエドワード皇子殿下を連想させた。

何故かしら……？　全くこの炎が怖くない。それどころか、綺麗だと思ってしまう。エドワード皇子殿下の髪色と似ているからかしら？

助かったことに安堵し、呑気《のんき》に感想を述べる私だったが……ここで一つ問題が発生する。

「……あっ！　えぇっ!?　馬車が燃えてる!?」

一難去ってまた一難と言うべきか、私を守ってくれた筈の炎が馬車に燃え移っていたのだ。『この炎は味方の魔法じゃないの!?』なんてツッコミを入れる暇もなく、紅蓮の炎はじわじわと燃え広がっていく。

耐熱性に優れた軍事用の馬車だから、直ぐに全焼することはないだろうけど、このまま馬車の中に居るのは確実に危険ね。とりあえず、後ろの扉から外に……って、えぇ!? こっちにももう火の手が!

私の判断が遅かったのか、窓と扉両方の退路を断たれてしまった。これではもう馬車の外に逃げることは出来ない……。

火傷《やけど》覚悟で火の中に飛び込み、扉から外に出ることは出来るけど……弓矢を一瞬で灰にした炎に耐えられる自信はないわ……。あまりにもリスクが高すぎる……。でも、このまま何もしなければ私は確実に死んでしまう……。それにその方法で仮に助かったとしても火傷だらけの花嫁を誰が欲しがるだろうか……?

「っ……! これでは八方塞がりじゃない……!」

私は目尻に涙を浮かべ、理不尽な現実に歯を食いしばるしかなかった。バッドエンドしか見えない現状に、己の無力さを恥じる。

私が屈強な女戦士だったら……私が優秀な魔法使いだったら……私が『烈火の不死鳥』の団員たちのように強かったら……こんなことにならなかったかもしれないのに。何で私はこんなに弱いんだろう?

「ごめんなさい、お父様……私はもう無理みたいです。貴方の願いを叶えられなくて、本当にごめんなさい。親不孝な私をどうかお許しください……」

紅蓮の炎に囲まれた私が死を覚悟した、その時――ガシャンという何かが崩れ落ちる音がした。

「――勝手に死ぬ覚悟を決められては困る。君は私の花嫁なのだから」

「え、エドワード皇子殿下……!?」

音のした方へ目を向ければ、そこには『烈火の不死鳥』団団長の姿があった。どうやら、彼は馬車の扉を蹴破って、私を助けに来てくれたらしい。

エドワード皇子殿下は呆然とする私を他所《よそ》に、こちらへ手を伸ばすと私をさっと両手で持ち上げた。所謂、お姫様抱っこというやつだ。驚くほど、あっさり炎の中から脱出することに成功する。

「すまなかった。君を守るために放った炎が思ったよりも強かったみたいで、馬車に燃え移ってしまったんだ……本当にすまない。怖かっただろう?」

申し訳なさそうにそっと目を伏せる赤髪の美丈夫は珍しくポーカーフェイスを崩していた。反省と後悔が窺える彼の態度に、私はほだされてしまう。

エドワード皇子殿下の手元が狂って死にそうになったのは事実だけど、あの炎が弓矢から私を守ってくれたのもまた事実。彼を叱りつけるのは私の役目ではないだろう。

それに私は助かったのだ。結果良ければ全て良しとまでは言わないが、今は『助かった』という事実だけで十分だった。

「エドワード皇子殿下のおかげで私は無傷で助かることが出来ました。馬車が燃えた時はさすがに

焦りましたけど、こうして助けて頂いたのでもう大丈夫です。これ以上エドワード皇子殿下が謝罪を口にする必要はありませんわ。こちらこそ、助けて頂きありがとうございました」

エドワード皇子殿下の罪悪感を和らげるように笑顔でそう伝えれば、彼は少し目を見開いた後、『そうか』と一言だけ呟いた。ポーカーフェイスに戻った彼は馬車に燃え移った炎を魔法で簡単に処理する。エドワード皇子殿下は炎が鎮火したのを確認してから、ゆっくりと歩き出した。

あら、どこに行くのかしら？

「襲ってきた賊は粗方片付けた。だが、まだ残党が居る可能性がある。君を安全な場所まで送ろう」

私の心を読んだかのように、エドワード皇子殿下は状況を手短に説明してくれた。私はそれに頷きながら、『烈火の不死鳥』団の実力に感心する。

実力者揃《ぞろ》いだとは聞いていたけど、まさかここまでとは……。奇襲攻撃への対応速度が普通の人とは全然違う。数多の戦争で活躍しただけあるわ。

『烈火の不死鳥』団の実力にそんな感想を抱いていれば、騎士団のテント前に到着する。周囲のテントがあちこち破損している中、このテントだけは無事なようだった。

赤髪の美丈夫は周囲の安全を確認してから、地面にそっと私を下ろす。

「ここの周囲には騎士が多く居るから、恐らく安全だろう。残党処理が終わったら呼びに来るから、それまではこの中で待機し……」

「――――団長！　大変です！　コ、コレットが……！」

エドワード皇子殿下の言葉を誰かが遮ったかと思えば、テントの中から一人の青年が飛び出してきた。その青年は顔を真っ青にして、赤髪の美丈夫に詰め寄る。

――――コレット。

その名前に聞き覚えのある私は嫌な予感を覚えると共に、サァーッと青ざめた。

あの時、コレットは自分の防御を捨ててまで私を守ろうとしてくれた。もし、あの無防備な状態で山賊からの攻撃を受けたなら……コレットの命が危ない！

「っ……！」

『コレットが死んでいるかもしれない』と考えた瞬間、私は居ても立ってもいられず、テントのドアを開けた。目に飛び込んできた光景に、私は思わず顔を歪める。

血だらけでテントの中で横たわっていたのは――――間違いなく、あのコレットだった。

『はぁはぁ』と浅い呼吸を繰り返す彼は青白い顔をしており、腕や胸に包帯が巻かれている。が、なかなか傷口が塞がらないのか包帯にじわじわと血が広がっていった。

「あぁ、コレット！　何てこと、私のせいだわ……！」

私がコレットの指示をもっと早く聞いていれば……彼はこんな無茶をせずに済んだかもしれない。優しさと強さを兼ね備えた素晴らしい人間を死なせてしまうなんて……私はとんでもない疫病神だわ！

罪悪感と後悔で胸が押し潰されそうになる私だったが、不意に視界が真っ暗になる。

「――――見るな」

耳に馴染《なじ》むバリトンボイスが私にそう告げた時、視界を覆う何かがエドワード皇子殿下の手であることを理解した。この温かい手の体温が私の不安を雪みたいに解かしていく。

でも、全ての不安が解けた訳じゃなかった。

「ロン、私が戻るまでコレットの治療を引き続き行ってくれ。私は急いでテオドール《テオ》を呼んでくる。テオなら、コレットの命を救えるかもしれない」

「分かりました！　副団長が到着するまで何とか持ち堪《こた》えます！」

ロンと呼ばれた青年は僅かに見えた希望に全てを託し、コレットの治療に専念する。彼は治癒魔法と薬草を使いながら、コレットの命を懸命に繋ごうとしていた。

エドワード皇子殿下の指の隙間から見えたロンの横顔には『絶対にコレットを助ける』という強い覚悟を感じた。

それに比べて私は……なんて情けない。取り乱すばかりで何も出来ないだなんて……。

「悪いが、君もここに居てくれ。今のところ、このテントしか結界が張られていないんだ。君には出来るだけ安全な場所に居てほしい。それから――」

エドワード皇子殿下はそこで言葉を切ると、私の目を覆っていた手を離した。かと思えば、私からコレットを隠すように前に立つ。表情は相変わらず無表情なのに、私を見る彼の目があまりにも優し過ぎた。

「――君は何も見なくていい。コレットの死を背負わせるには君はまだ幼すぎる……。だから、何も見るな」

命令よりも懇願に近い声で私にそう訴えかけてくるエドワード皇子殿下に、思わず目を見開く。憂いが滲んだ黄金の瞳は自分の辛さを押し殺しているようだった。

本来、辛いのは私ではなく大切な部下を失いかけているエドワード皇子殿下の方なのに……気を遣わせてしまった。気遣うべきは私の方で、彼ではないのに……。私が勝手に取り乱してしまったせいで彼が弱音を吐けなくなってしまった。

己の心の弱さがもたらした結果に私は歯軋《ぎし》りする……が、今は自己嫌悪に陥っている暇などない。私が今すべきことは現実と向き合うこと。反省や後悔なんて、全てが終わってからでも出来る。

私はサンチェス公爵家唯一の出来損ないで、フローラの代替品。きっと、私がここに居ても何の役にも立たないでしょう……包帯の巻き方はおろか、薬草の扱い方も分からないのだから。でも、だからと言って何もしないのは間違っている。

『出来ないから、何もしなくていい』なんて弱者の戯《ざ》れ言《ごと》に過ぎない！　『出来損ない』という言葉を免罪符に使うのは——もうやめにしましょう。

いい加減、私も前に進まなくては。

「分かりました。ここで大人しく待っています。でも——『何も見るな』という指示には従えませんわ。私はコレットの怪我ときちんと向き合います。その結果、コレットの死を目の当たりにしたとしても……。私は決して目を背けません！」

そう断言して、彼のことを強く見つめ返せば、金色《こんじき》の瞳が大きく見開かれる。『予想外の反応だ』と言わんばかりに動揺を露わにするエドワード皇子殿下だったが、直ぐにポーカーフェイスに戻った。

「分かった。君がそれでいいなら、是非そうしてやってくれ」

「はい！」

私の意志を尊重してくれたエドワード皇子殿下に安堵すると共に気を引き締める。この場の最高責任者から許可をもらった以上、もう後には引けない。辛い道を歩む覚悟を今一度固めなければならなかった。

「では、私はテオを呼びに行ってくる。この場は任せた」

そう言い終えるが早いか、エドワード皇子殿下はバサッとマントを翻す。早歩きでこの場を後にする彼の背中にはほんの少しだけ焦りが見えた。

隠してはいるが、やはり彼も不安なんだろう。それでも、騎士団のトップとして冷静であろうとする姿は立派だった。

私はエドワード皇子殿下の複雑な心境を察しつつ、床《とこ》にふせるコレットへ目を向けた。さっきよりも明らかに出血量が増えたコレットは包帯だけでなく、布団にまで血を滲ませている。その青白い顔にはもはや生気が宿っていなかった。

人間の体重の約六十パーセントが水で出来ていると聞く。それが大幅に失われれば、人は簡単に死んでしまう……。

改めて命の尊さを理解……いや、実感する。

風前の灯火《ともしび》同然のコレットの命を前に、私は早くも目を背けそうになった。

っ……！　しっかりしなさい！　カロリーナ・サンチェス！　コレットの怪我から目を背けないと決めたばかりでしょう！　エドワード皇子殿下にあんな大見得切っておいて、結局途中でリタイアしましたなんて、許される訳ないじゃない！　逃げずに立ち向かいなさい！　この残酷な現実に！

弱気になる自分を叱咤《しった》し、グッと奥歯を噛み締める。己の迷いを捨てるように、私はコレットに視線を固定した。

――――と、ここで治癒魔導師のロンがコレットの包帯を取り換え始める。包帯に隠れていた傷口は深く、見ていて痛々しかった。

私が一人葛藤している間にも、ロンはコレットを救うために色々しているのね……。私とは大違いだわ……。今、私に出来ることなんてコレットが助かるよう、祈りを捧げることくらい……。包帯を替えることすら出来ない無力な自分に嫌気が差すけれど、私も私なりに出来ることを精一杯やりましょう。

自分に出来ることを精一杯行うロンの姿に感銘を受け、私はそっと両手を組んだ。お祈りのポーズを取り、ゆっくりと目を閉じる。

神様……いえ、誰でもいい。

誰かこの声を聞いているなら、コレットの命を助けてください。彼は私のことを命懸けで守ってくれた恩人なんです。

だから、どうか――――。

「どうか、彼をお助けください」

――――私がコレットの生還を切実に願った時、この世の全てを覆す『奇跡』がこの地に舞い降りた。

「……なっ!? 嘘だろ!? 傷が……!!」

動揺と困惑が入り混じるロンの声が聞こえ、慌てて瞼《まぶた》を上げると――――そこには驚くべき光景が広がっていた。

つい先程まで止まらなかった出血が止まり、無数にあった刺し傷が瞬く間に塞がっていく。まるで最初から傷なんてなかったみたいに……一瞬にしてコレットの傷が消えた。

う、嘘でしょ!? 現状維持がやっとだった傷がいきなり治るだなんて……それも傷跡も残さず！　こんなことって有り得るの!? まさか、私の祈りが誰かに届いて……って、さすがにそれは非現実的すぎるわね。ここは治癒魔導師のロンがコレットの一命を取り留めたと考えた方が……。

「一体何が起こったんだ……？ さっきまで確かにコレットは死にかけだった筈なのに……。俺の治癒魔法でこんな大怪我は治せない……じゃあ、

『自分の力じゃない』と確信しているロンは恐る恐るこちらを振り返る。疑いの目を向けてくる彼に、私は慌てて首を振った。

「ち、違うわ！ 私じゃない！ だって、私は――――魔力なしだもの！」

「魔力なし……ですか？」

私の言葉を聞き返すロンに、私はコクコクと何度も頷いた。

――――この世界には魔力持ちとそうでない者たちが居る。魔力持ちの人間はあらゆる理《ことわり》に干渉し、魔法と呼ばれる特別な力を行使することが出来た。

まず、魔力とは空気中のマナを体内でエネルギー変換したものだ。人によって、変換速度や精度が違うため、それによって魔力の質や量が決まる。

次に、魔法。これは魔力エネルギーを元に発現する力で、あらゆる理に干渉することが出来る。

ただし、適性のない魔法を発動させることは出来ない。何事も相性が大事という訳だ。

最後に、魔力の有無と魔法適性を確認する方法についてだが、これは教会に保管してある検査用魔道具を使えば、可能だった。まあ、あくまで検査出来るのは魔力があるかどうかと各魔法属性との相性だけだが……。魔力の質や量は残念ながら、検査出来なかった。

「私は小さい頃、姉の付き添いついでに魔力検査を受けたことがあるの。その結果、私は『魔力なし』と診断されたわ。だから、私にコレットの傷を癒す力はないの」

「そ、そんなっ……！　じゃあ、一体誰が……！」

コレットが助かったことに対する喜びと得体の知れない力に対する恐怖で、ロンはクシャリと顔を歪める。上手くこの状況を呑み込めないのだろう。

まあ、何はともあれ、コレットが助かって本当に良かったわ。出血量が多かったのか、まだ顔色は悪いけど、安静にしていれば大丈夫でしょう。

さっきより格段に良くなったコレットの顔色にホッと胸を撫で下ろす私だったが――――ここで二人の人物がこのテントに駆け込んでくる。

その人物とは……。

「ロン！　コレットの容態はどうなっていますか!?」

「まさか、死んだりしていないよな!?」

コレットの安否を尋ねるのは副団長のテオドール様と団長のエドワード皇子殿下だった。エドワード皇子殿下は宣言通り、急いでテオドール様を連れて来てくれたらしい。お二人の顔には玉のような汗が浮かんでいた。

「ロン！　何をボケっとしているのです!?　早くコレットの容態を報告しなさい！」

「ふ、副団長……えっと、それが……」

「何です!?　勿体ぶらず、早く言いなさい！」

冷静に対応出来るだけの余裕がないのか、金髪の美男子は物凄い剣幕でロンを怒鳴りつけた。ロンは怯え切った様子で、恐る恐る口を開く。

「そ、それがその……コレットの傷は先ほど完治しました」

「……はっ？」

「完治……？」

テオドール様とエドワード皇子殿下は互いに顔を見合わせると、今度は怪我人であるコレットの方へ目を向けた。服は裂けているものの、掠《かす》り傷一つ見当たらないコレットの体に、二人は目を剝《む》く。

コレットの元の容態を知っているエドワード皇子殿下は特に驚いていた。

「……一体どういうことだ？」

「詳しいことは俺にも分かりません……。ただ一つ確かなのはカロリーナ様が祈りを捧げた瞬間、コレットの傷が完治したことです。俺は何もしていません」

「ですが、彼女は魔力なしです。ただの一般人がどうやって重傷患者を治したと言うのですか」

「それは……分かりません」

フルフルと首を振るロンに、テオドール様は静かに溜め息を零した。これ以上ロンを問い質《ただ》しても意味がないと判断したのか、彼は自らコレットの診断を始める。

この際だから、彼が私の魔力検査結果を知っていることはスルーすることにした。

「布団に染み付いた血液の量から、重傷であったことは間違いない……。血の乾き具合から察するに治療が終わったのは数分前……。まだ顔色は優れないが、今すぐ死ぬ可能性はなし、か……。思わず拍手を送りたくなるほど、完璧な処置ですね」

独り言のようにそう呟いたテオドール様は顎に手を当てて考え込んだ。その傍らで、ロンが血だらけになったコレットの体を拭き始める。

落ち着きを取り戻したこの空間に、私は酷く安堵した。

「コレットはもう本当に大丈夫なのね……」

目に涙を浮かべる私は安堵のあまり、ヘナヘナとその場に座り込んだ。不安と緊張で強張っていた体から、どんどん力が抜けていった。

そんな私を赤髪の美丈夫はじっと見つめている。

「カロリーナ・サンチェ……いや、カロリーナ。少しいいか？」

「え？　あっ、はい！」

エドワード皇子殿下は私の返事を聞くなり、その場に腰を下ろした。相変わらず、何を考えているのか分からないポーカーフェイスと向かい合う。

ゴールデンジルコンの瞳はただ真っ直ぐにこちらを見つめていた。

「まず、コレットの怪我から目を背けず、最後まで見守ってくれたこと、感謝する。ありがとう」

「いえ、そんな！　これは私の意思で決めたことなので、お礼なんて言わないでください！　むしろ、お礼を言うのはこちらの方ですわ！」

「いいや、お礼を言うのは私の方だ。それに……」

エドワード皇子殿下はそこで言葉を切ると、どこか言いづらそうに……躊躇うように言葉を続けた。

「私は最初、君のことを温室育ちのか弱い公爵令嬢だと勘違いしていた。人の死に立ち会えるほどの度胸はないと思い込んでいたんだ……。本当にすまない。私は君のことを完全に誤解していたようだ」

そう言い終えるや否や、彼は深々と頭を下げてきた。それだけで彼が本当に反省していることが分かる。

エドワード皇子殿下って、真面目と言うか……素直な方ね。わざわざ言わなくていい本音を晒《さら》し、頭を下げるだなんて……普通はしないわ。でも――――私に対して誠実であろうとする姿は実に好ましい。

出会ってまだ一日も経っていないけど、彼の人柄の良さはよく分かったわ。もう彼の優しさを疑ったりしない。彼は――噂と違って正真正銘の善人であり、人格者だ。

「エドワード皇子殿下の謝罪を受け入れます。なので、顔を上げてください。一国の皇子がそう簡単に頭を下げてはいけませんわ」

「あ、ああ……。君はテオみたいなことを言うんだな」

あっさり謝罪を受け入れた私に、エドワード皇子殿下は驚きを露わにしながら、おずおずと頭を上げる。その後ろで私たちの会話を聞いていたテオドール様が胡散臭い笑顔を浮かべていた。『これは確実に後でお説教だな』と確信し、私は何も知らない赤髪の美丈夫に哀れみの目を向ける。

エドワード皇子殿下って、意外と失言が多いわよね。一言多いと言うか……まあ、本人に自覚はないんでしょうけど。

「どうした？　私の顔に何かついているか？」

「いえ、何でもありませんわ……」

コテンと首を傾げるエドワード皇子殿下はまだテオドール様の黒い笑みに気づかない……。彼がお説教と言う名の地獄を見るのは今から、二分後の出来事である。

◇◆◇◆

それから、無事山賊の残党も捕まえた俺たち『烈火の不死鳥』団は捕らえた山賊を近くの警備兵に引き渡し、野営の準備に戻っていた。幸い、コレット以外に重傷を負った者は居ない。

そして、婚約者であるカロリーナを別のテントに送り届けた俺はコレットが眠る医療用テントへと向かっていた。月が綺麗な夜空を見上げ、俺は自分の婚約者のことについて思考を巡らせる。

――カロリーナ・サンチェス公爵令嬢。サンチェス公爵家の次女であり、次期聖女と謳《うた》われるフローラ・サンチェスの妹。

アカデミーでの成績は中の上で、そこそこ優秀。外見はちょっと地味だが、内面から溢れ出る美しさが実に魅力的だった。また性格は極めて温厚で、大人しい。

そのため、彼女は――お飾り妻に最適な人物だった。

そもそも、俺とテオがカロリーナとの婚約に反対しなかったのは彼女の性格や地位が非常に好ましく、都合が良かったからだ。

まず、彼女の家柄なら皇子である俺と結婚しても釣り合いが取れるし、見劣りしない。だからと言って、物凄く強力な家門という訳でもないので扱いやすい。

また賢い彼女なら『私は皇族よ！』と威張り散らし、頭の悪い振る舞いをする可能性もなかった。

その上、聞き分けも良く、身の程を弁《わきま》えている。こちらが『仮面夫婦で頼む』と言えば、二つ返事で了承するだろう。

俺たちにとって、これほど都合のいい女性は居なかった。

だから、カロリーナとの婚約をあっさり受け入れたが……。

「……想像していた女とは全然違ったな」

確かにカロリーナは温厚で大人しいし、聞き分けもいいが……それ以上に真っ直ぐで、芯の強い女性だ。普通の令嬢では耐えられないような現実と向き合い、決して目を逸らさなかった。これは誰にでも出来ることじゃない。

数多の戦場を駆け巡り、仲間の死を看取った俺でも相当堪える出来事だった。

俺はあの時の彼女の凜々しい表情を思い浮かべ、スッと目を細める。あの力強い瞳を思い出すと、不思議と気分が良くなった。

「カロリーナのことをもっと良く知りたい」

何故か自然にそう思うようになった俺は『どうして？』と自分に問いかける暇もなく、医療用テントに到着してしまう。

一旦気持ちを切り替えるため、『ふぅー』と息を吐き出した俺はおもむろにテントの扉を開けた。

すると、コレットの血圧を測るテオの姿が真っ先に目に入る。

テキパキと作業を進めるテオの姿に俺は内心苦笑を浮かべた。

はぁ……こいつはまたそんな雑用をやってるのか。雑用くらい、他の奴に任せればいいものを……。天才魔導師が何をやっているんだか……まあ、そんなことを言ったら、テオがここに居ること自体間違いなんだが……。

本来、テオはこんなところに居て良い人材じゃない。帝国一の天才魔導師と持て囃《はや》されるこいつは元々皇帝直属の魔導師になる予定だった。それを俺のワガママとテオ自らの希望で捻《ね》じ曲げたのだ。その結果、生まれたのが『烈火の不死鳥』団という組織だ。

そもそも、父上がテオを皇帝直属の魔導師に所望したのは貴族同士の権力争いに巻き込まないため。皇帝が後ろ盾になれば、貴族たちも無闇に手が出せないため、無駄な争いを引き起こす危険性もなかった。

だから、俺たちは『皇帝直属の魔導師』という肩書きの代わりに、『皇国騎士団の副団長』という肩書きを作ったのだ。

『皇帝直属』という肩書きより、やや劣るが、そこは俺が騎士団のトップになることである程度カバーすることが出来た。

まあ、この騎士団は半ば無理やり設立させたものだから、貴族たちの印象は最悪だけどな……。おかげで悪い噂ばかりが社交界に流れる……。戦争でどんなに活躍しようと、その功績を認めてもらえないのだから、本当に気が滅入ってしまうな。

今後の課題を改めて認識し、俺は『はぁ……』と溜め息を零す。すると、コレットの血圧を測り終えたテオがおもむろにこちらを振り返った。

「いつも能天気な貴方が溜め息をつくなんて、珍しいですね。明日は槍《やり》でも降るのでしょうか？」

「俺でも溜め息をつきたくなる時くらいある。それより、コレットの容態はどうなんだ？」

テオの暴言を軽く受け流せば、奴は『面白くない』とでも言いたげに肩を竦《すく》める。だが、それ以上余計なことは言わなかった。

「容態自体はかなり安定していますよ。ただ血圧が物凄く低いです。恐らく、血を流し過ぎたせいでしょう。最低でも数日は安静にしていないといけません」

「なら、馬での移動は厳しそうだな。コレットは馬車で移動させよう」

「そうですね。私もそれが良いと思います。ただ……山賊たちの奇襲により、馬車のほとんどが駄目になってしまいました。今動かせる馬車は五台しかありません。そこから、運搬用の馬車を差し引くと……一台しか馬車の空きがありません」

「なら、その一台にコレットを乗せればいい」

と、即答すればテオが『はぁ……』と深い溜め息を零す。呆《あき》れたと言わんばかりの表情でこちらを見つめるテオに、俺は内心首を傾げた。

今までにもこういうハプニングは多くあった。が、わざわざ騒ぐようなものではない。今回の件に関しては俺やテオが馬に乗ればいい話だった。

それのどこに問題があると言うのか……。

「まさか、お前……馬車に乗りたかったのか？」

「違います。確かに馬車の方が楽ですし、移動中に書類仕事が出来るというメリットもありますが、今言いたいのはそういうことじゃありません」

知恵を振り絞って出した俺の答えをテオは一刀両断すると、『まさか、ここまで馬鹿だったとは……』と頭を抱え込んだ。

「エドワード皇子殿下、良いですか？　今回の旅には貴方の婚約者であるカロリーナ様も同行しているのです！　仮にも彼女は貴族！　貴族と平民を同じ馬車に乗せることは出来ません！　ましてや、彼女は結婚を控えた女性です！　結婚間近のカロリーナ様と独身男性を同じ馬車に二人っきりで乗せるなど……！」

「な、なら！　俺もその馬車に乗れば……」

「そんなスペースはありません！　大きい馬車は全て運搬用に使うので、小さい馬車しか残っていないんですよ！　大体貴方があの時、皇族用の馬車を燃やさなければ……！」

「うっ……！　それは悪いと思っている……。でも、あの時は何故か力が溢れ出てきて……上手くコントロール出来なかったんだ……」

言い訳がましく聞こえるかもしれないが、これは事実だ。

あの時、いつものように火炎魔法を使おうとしたら、温かい何かで満たされていくような感覚がして……気づいた時には馬車に火が燃え移っていた。『烈火の不死鳥』団団長だと言うのに、本当に情けない……魔力コントロールなんて基礎中の基礎なのに……。

テオからのお説教を覚悟し、恐る恐る顔を上げると……金髪の美男子は予想外の返答を口にした。

「エドワード皇子殿下もですか？」

レンズ越しに見えるペリドットの瞳は大きく見開かれていた。そんなテオの反応に、俺も僅かに目を見開く。

「『も』ってことは、テオもあの不思議な感覚を感じたのか……!?」

「ええ、まあ……。と言っても、私はエドワード皇子殿下のように力を暴走させることはありませんでしたがね」

「……悪かったな、魔力コントロールが下手くそで……」

テオの遠回しな嫌味に、少しムッとしてしまう。そんな俺の反応に、テオは呆れながら、話を続けた。

「でも、困りましたね……。この手の報告はエドワード皇子殿下も入れて十二人目なんですよ。どうやら、他の団員たちも私たちと同じ感覚に陥ったようですね。その謎の力の影響で、エドワード皇子殿下と同じように力を暴走させ、馬車を壊した団員も何人か居ましたし……」

「つまり、その謎の力について調べる必要があるってことか？」

「そういうことになりますね。十二人もの人間が同じ証言をしたのです。調べない訳にはいかないでしょう。コレットの傷を癒した力についても調べないといけませんし」

『当然でしょう』と言わんばかりに何度も頷くテオに、俺は『そうだな』と同意した。

直接的な害がなかったとは言え、出処の分からない力を無視する訳にはいかない。何より、その力の持ち主が誰なのか非常に興味がある。もし叶うなら、その人物と一度会ってみたいものだ。

――と、呑気に考える俺だったが、忘れてはいけないことが一つある。

それは……。

「それより、どうしますか？　馬車の件……。さすがに荷物を減らす訳にいきませんし、コレットとカロリーナ様の他に細身の男性でも乗せますか？　温室育ちのカロリーナ様は『狭い』と文句を言うかもしれませんが……。まあ、でもガタイのいいエドワード皇子殿下が乗るよりはマシでしょう」

最後の一言は余計だが、テオの言った解決策は最も現実的なものだった。体調不良者のコレットと貴族令嬢のカロリーナ両方に気を配るなら、それが一番だろう。

単細胞の俺でもそれくらい理解出来る。が……何故か納得が出来ない。

何だ？　この胸の中に広がるモヤっとした気持ちは……。俺以外の男と密室空間に居るカロリーナを思い浮かべると、何とも言えない気持ちになる。別にうちの団員とカロリーナの間に何か起きるとは思っていないが……何故か気に食わない。

謎の感情に振り回され、不機嫌オーラ全開になる俺をテオは不思議そうに見つめていた。そんな中、俺はある一つの決断を下す。

「いや――カロリーナは馬車じゃなくて、俺の馬に乗せる」

「……は？」

俺の予想外な決断に、金髪の美男子は素《す》っ頓狂《とんきょう》な声を上げた。

◇◆◇◆

次の日の朝、朝日が昇るのと同時に移動を始めた私たちはマルコシアス帝国とセレスティア王国の国境付近まで来ていた。

のだが……私は今、何故かエドワード皇子殿下と同じ馬に乗っている。

朝早くにテオドール様から、『体調不良者のコレットと荷物に馬車を割り当てるため、移動は馬になりますʼ』と聞かされていたが、エドワード皇子殿下の馬だとは一度も聞いていない！

まあ、だからと言って、婚約者以外の男性と一緒に馬に乗るのは色々と問題があるけど……。でも、これはあんまりだわ！　テオドール様が何も教えてくれなかったから、私はてっきり一人で乗るのかと思っていたのに……！　テオドール様の情報網なら、私に乗馬経験があることくらい知っていたでしょうし……。だから、わざわざ乗馬服だって着てきたのに！　蓋を開けてみたら、これよ！　騎士団長と同じ馬に乗るだなんて、私にはハードルが高すぎるわ！　恐れ多いにも程がある！

と、内心文句を垂れる私だったが、直ぐにそれどころではなくなる。何故なら……ぐんぐん馬のスピードが上がっているからだ。

容赦なく頬を殴りつける風、一瞬で流れていく景色、馬から伝わってくる激しい振動……そのどれもがとにかく凄《すさ》まじく、一般人である私にはついていけなかった。

こ、これが騎士団の乗馬術……。基礎を少しかじった程度の私では彼らのスピードに合わせることは到底不可能ね。エドワード皇子殿下の馬に乗せてもらったのは正解だったかもしれない……。でも────早すぎて、今にも振り落とされそうだわ！

馬のスピードに体が付いていけず、重心がぐらぐら揺れてしまう。ハッキリ言って、いつ落馬してもおかしくなかった。

『このスピードで落馬したら、どうなるんだろう……？』と涙目で考える私だったが────ここで救世主が現れる。

「大丈夫か？　今にも馬から振り落とされそうだが……」

上から優しげな声が降ってきたかと思えば、エドワード皇子殿下が私の腰をガシッと掴んでくれた。そのおかげでぐらぐらしていた重心が大分安定する。

落馬する危険性がグッと減り、私はホッと息を吐いた。

「ありがとうございます、エドワード皇子殿下」

「礼など不要だ。それより、大丈夫か？　もし、辛いなら馬のスピードを落とすが……」

「あ、いえ！　それはさすがに……！　私のせいで到着が遅れてしまったら、申し訳ないので！」

ブンブンと勢いよく首を振ってエドワード皇子殿下の申し出を断るが……彼はその返答に納得していない様子だった。少し考えるような素振りを見せた後、彼は腰を掴んでいた手を私のお腹に回す。そして、私との距離を縮めるようにグッと抱き寄せてきた。

それにより、私はエドワード皇子殿下の胸に寄り掛かるような体勢になる。

「えっ……と？　これは一体……？」

困惑気味に彼を見つめ返せば、赤髪の美丈夫はなんてことないようにこう答えた。

「このまま寄り掛かっていろ。こっちの方が楽だろう？」

「で、ですが……」

「異論は認めん。君が馬に振り落とされたら、大変だからな。君はまず、周りのことよりも自分のことを考えろ。危なっかしくて見ていられん」

「うっ……！　申し訳ありません……」

エドワード皇子殿下に痛いところを突かれ、私はもう何も言えなくなってしまった。エドワード皇子殿下のご厚意に甘えて、寄り掛からせてもらう。すると、驚くほどバランスが安定した。

凄い……さっきまではいつ振り落とされてもおかしくなかったのに……今は『落ちる』という可能性すら頭に浮かばない。エドワード皇子殿下には少し失礼かもしれないけど、柱に寄り掛かっているみたいだわ。エドワード皇子殿下の体幹って、どうなっているのかしら？

「あ、あの！　本当にありがとうございます！　エドワード皇子殿下のおかげで驚くほど重心が安定しましたわ！」

「そうか。なら、良かった。また何か困ったことがあれば、私を頼るといい。君は私の婚約者だからな」

「は、はい！　ありがとうございます！」

面と向かって、『私の婚約者』と呼ばれたのが嬉しかったのか私の頬がほんのりピンク色に染まる。その言葉に他意はないんだろうが、私のことを婚約者として認めてくれているような気がして嬉しかった。

エドワード皇子殿下となら、いい夫婦関係を築けるかもしれない……たとえ、そこに愛がなくても。だって、政略結婚という名のビジネスに愛は必要ないのだから。

◇◆◇◆

それから、私たちはマルコシアス帝国とセレスティア王国の国境を越え、一週間ほどかけてマルコシアス帝国の帝都に辿《たど》り着くことが出来た。

帝都の街並みや景色はセレスティア王国の王都とほとんど変わらず、活気づいていて民の笑顔で溢れている。皇城を目指す私たちは街の大通りを駆け抜けた――――馬車に乗って。

さすがに人目の多い帝都内でエドワード皇子殿下の馬に乗る訳にはいかないため、帝国の辺境を越えたあたりから、私は馬車に戻ったのだ。幸い、帝都の辺境を越える頃にはコレットの体調も元に戻っていたため、気兼ねなく馬車に乗ることが出来ている。

ここ一週間の出来事を振り返りながら、私は遠くに見える皇城を見上げた。

「長いようで短い旅がもうすぐ終わるのね……」

寂寥《せきりょう》感を漂わせながらそう呟けば、向かい側に座る赤髪の美丈夫がおもむろにこちらへ目を向けた。黄金の瞳と視線が交わる。

「国内でいいなら、また旅に連れて行ってやる」

形のいい唇から放たれた一言に、私は大きく目を見開いた。無礼を承知で、エドワード皇子殿下の顔をまじまじと見つめる。

冗談を言っている……訳ではなさそうね。エドワード皇子殿下は嘘や冗談を言えるような人ではないし……。じゃあ、彼は本当に……私とまた旅行に行ってくれるってこと……？

今までにも『また行きましょう』と遊びの誘いを受けることはあった。でも、それはあくまで社交辞令。本気ではない。

だから――――この社交辞令抜きのお誘いは単純に嬉しかった。

「ええ、是非また連れて行ってください。私はまたエドワード皇子殿下と一緒に色んなものを見て回りたいですわ」

ふわりと柔らかい笑みを浮かべ、そう答えれば赤髪の美丈夫が僅かに目を見開く。そして……。

「ああ、また一緒に色んなものを見て回ろう。俺もカロリーナと一緒にまた旅がしたい」

自分も同じ気持ちだと言うように、エドワード皇子殿下は目元を和らげ、穏やかな笑みを浮かべた。なまじ顔が整っているため、笑顔の破壊力は尋常じゃない……。不覚にもキュンとしてしまった。

不意打ちの笑顔は狡いわね……。一瞬、童話の中に出てくる白馬の王子様かと思ったわ。しかも、一人称が『私』から『俺』に変わっていたし……。後者の方がエドワード皇子殿下の素なのかしら？　だとしたら、嬉しい……。だって、それはエドワード皇子殿下が私に心を許しているって証拠だもの。

春の木漏れ日のように優しい彼の笑みを見つめながら、私は胸の中に広がる幸福感に身を委ねた。

第三章

その後、一時間ほどかけて帝都をゆっくり進んだ馬車は無事マルコシアス帝国の皇城に辿り着くことが出来た。城門をくぐり抜けた馬車は大きな噴水をぐるっと回り、皇城の前で止まる。金と赤をベースに彩られた城は煌《きら》びやかで、皇家の威厳を感じた。

私たちを出迎えるため、城の前で待機していた何十人もの侍女たちが馬車の前から玄関にかけてレッドカーペットを敷き始める。

今回、私はセレスティア王国の使者としてマルコシアス帝国を訪れた客人ということになっている。このように手厚い歓迎を受けられたのも、正門から堂々と城へ入れたのもこの建前のおかげだ。もし、この建前がなければ私は裏門からコソコソと城に入るしかなかっただろう。

セレスティア王国の代表者として恥じないよう、ピンっと背筋を伸ばして待っていれば、不意に馬車の扉が開かれる。さっきまでテキパキと働いていた侍女軍団はレッドカーペットの両脇に綺麗に整列していた。

手際の良さもさることながら、勤務中の態度が非常に素晴らしい。必要以上にこっちを見ないし、私語もしない。城仕えの者なら当然の心得ではあるけど、セレスティア王国ではここまで徹底していなかった。

マルコシアス帝国は使用人の教育に力を入れているのね。さすがとしか言いようがないわ。

と、一人感心していれば、先に馬車を降りた赤髪の美丈夫がこちらに手を差し出してきた。

どうやら、私のことをエスコートしてくれるらしい。言葉などなくても、そのくらいのことは理解出来た。

「ありがとうございます、エドワード皇子殿下」

「ああ」

差し出された手に自身の手を重ね、私はゆっくりと馬車を降りる。用意されたレッドカーペットは靴越しでも分かるほど柔らかかった。

エドワード皇子殿下は重ねた手をそのままに、レッドカーペットの上を歩き出す。彼に手を引かれるように、私も歩き始めた。

エドワード皇子殿下って、意外とエスコートが上手なのね。私のペースに合わせて、ゆっくり歩いてくれるし。さすがは帝国の皇子様って感じね。

エドワード皇子殿下の意外な特技に感心していれば、あっという間に玄関前まで辿り着く。そして、玄関前にある段差に足を掛けようとした、その時――――。

「「お帰りなさいませ、エドワード皇子殿下。そして、マルコシアス帝国ルビー皇城へようこそ、セレスティア王国の使者様」」

一語一句違わず、全く同じセリフを口にした侍女軍団は一斉に頭を下げる。私たちはそんな彼女たちの前を通り過ぎて行った。

侍女たちの完璧な出迎えに敬意を払いながら、城の中へと足を踏み入れる。すると、自分でも驚くほど緊張感が高まった。

これから私たちは玉座の間へ行き、マルコシアス帝国現皇帝陛下及び皇后陛下と謁見することになっている。相手がただの王と妃なら私もここまで緊張しないが、マルコシアス帝国の現皇帝陛下と皇后陛下は只者じゃなかった。

――――マルコシアス帝国現皇帝陛下　エリック・ルビー・マルティネス。

彼は最強と名高い魔法剣士だ。炎の上位魔法である雷を自在に操り、数多の敵を退けてきた猛者《もさ》。

彼は得意魔法である落雷魔法とその地位に因《ちな》んで『雷帝』と呼ばれていた。

皇帝に即位してからは戦場へ姿を現す回数が減ったらしいが、皇太子時代はよく戦場へ足を運んでいたらしい。そこで『雷帝』の名に恥じない戦いぶりを発揮していたんだとか……。

エリック皇帝陛下の武勇伝は絵本や小説となって、民たちの記憶に深く刻まれている。

次に――――マルコシアス帝国現皇后陛下　ヴァネッサ・ルビー・マルティネス。

彼女は世界的に見ても珍しい氷結魔法の使い手で、『氷の才女』と呼ばれている。

ヴァネッサ皇后陛下の場合、エリック皇帝陛下のような武勇伝はないが、過去に一度民を救うため、強力な魔物を撃退したことがあった。

当時のヴァネッサ皇后陛下は表情が乏しいがために周りに色々誤解されていたが、この騒動をきっかけに人気に火が付いた。今では氷のように冷たい無表情も、美しいと大絶賛を博している。

エリック皇帝陛下もヴァネッサ皇后陛下も本当に凄い方たちなのだ。民衆からの信頼も厚いため、正直下手な真似は出来ない……。

寛大な方たちだとは聞いているが、無礼を働いた国の人間にも優しいとは限らなかった。

緊張で強張る表情を何とか取り繕い、私は城の廊下を進む。すれ違う人々がペコリと頭を下げてくれるが、今の私には会釈を返す余裕もなかった。

そして、ついに――――玉座の間へと繋がる扉の前まで来る。

固く閉ざされた観音開きの扉の前には衛兵たちが佇《たたず》んでいた。

「第二皇子のエドワードだ。セレスティア王国から来た使者をお連れした。扉を開けてくれ」

「エドワード皇子殿下とセレスティア王国の使者様ですね？　畏《かしこ》まりました。中で皇帝陛下と皇后陛下が既にお待ちです」

私たちがここに来るのを既に知っていたかのように、話はスムーズに進んだ。両脇に控えていた衛兵二人が観音開きの扉にそれぞれ手を掛ける。

この時点で私の緊張はマックスにまで上り詰めていた。ブルブルと情けなく手が震える。

な、何かヘマをして、『エドワードの妻に相応しくない』って追い出されないかしら？　ここまで来て、祖国にトンボ帰りすることになったら、どうしよう……？

そんな不安を抱える私を置いて、扉は開かれる。

玉座の間にはあちこちに太い柱があり、壁にはマルコシアス帝国の国旗が飾られていた。床に敷かれたレッドカーペットに導かれるように視線を前に向ければ、玉座に腰掛ける二人の男女と目が合う。

あのお二人こそ、帝国のトップに立つエリック皇帝陛下とヴァネッサ皇后陛下である。

「第二皇子エドワード・ルビー・マルティネス様とセレスティア王国の使者様がご到着されました」

この無駄に広い空間に衛兵の声が響き渡る。その言葉を合図に、私たちは玉座の間へと足を踏み入れた。

うぅ……胃が痛い。私は無事にこの謁見を乗り切ることが出来るだろうか……？

テオドール様の話によると、エリック皇帝陛下もヴァネッサ皇后陛下もこの結婚を好意的に受け止めているみたいだけど……やっぱり、不安だわ。『やっぱり、妹の方じゃなくて、姉の方を嫁に寄越せ』とか言われないかしら……？　もし、そんなこと言われたら、私……！

「────大丈夫だ」

不安で胸が……というか、胃が押し潰されそうな私にエドワード皇子殿下がボソッとそう呟く。近くに居る私にしか聞こえないほど小さな声で。

主語すらない『大丈夫だ』という一言が────私の不安と緊張を不思議と和らげた。

何故かしら？　いつも無表情で、無愛想で、言葉足らずなこの人の『大丈夫』がこんなにも温かく感じる……。まるで心の中に温かい炎が灯《とも》ったみたいだわ。

温かい炎が不安と緊張を溶かし切った時、私たちは玉座の間の中央付近で足を止める。名残惜しく感じながらも、私はエドワード皇子殿下の手から自身の手を離した。

「父上、母上。第二皇子エドワード、ただいま帰還いたしました」

赤髪の美丈夫は左胸に手を添え、騎士の礼をとる。それに続くように、私も優雅にお辞儀した。

「エリック皇帝陛下、ヴァネッサ皇后陛下、お初にお目にかかります。セレスティア王国の使者として参りました、カロリーナ・サンチェスと申します。セレスティア王国の代表として、お二人にご挨拶申し上げます」

この一週間の間にテオドール様に叩き込まれた帝国の礼儀作法を披露すれば、エリック皇帝陛下とヴァネッサ皇后陛下が僅かに目を細める。お二人に好印象を与えることが出来たのは間違いなかった。

指導を請け負ってくれたテオドール様には感謝しかない。

「エドワード、遠征ご苦労だったな。報告は聞いている。そして、カロリーナ・サンチェス公爵令嬢、遠路遥々《はるばる》よく来てくれた。改めて、ようこそマルコシアス帝国へ。私たちは君を歓迎するよ」

エドワード皇子殿下と同じ燃えるような赤髪と神々しい金眼を持つエリック皇帝陛下はそう言って、柔らかく微笑んだ。

◇◆◇◆

それから、エリック皇帝陛下とヴァネッサ皇后陛下との謁見を無事に終えた私は玉座の間を後にし、食堂に来ていた。

テラス席で昼食を頂く私は『やっと、あの緊張感から解放された』と密かに安堵する――こ
とは出来なかった。
何故なら、私の目の前には――楽しそうに笑うエリック皇帝陛下の姿があるから。おまけに
私の両隣にはエドワード皇子殿下とヴァネッサ皇后陛下の姿もあった。
ことの発端はエリック皇帝陛下のひょんな一言……。
『カロリーナ嬢、昼食がまだなら私たちと一緒に摂らないか？　息子の妻になる君と色々話がした
いんだ』
皇族……それもマルコシアス帝国現皇帝陛下のお誘いを無下にする訳にはいかず、私は『はい』
と答えるしかなかった。
皇族の仲間入りをする以上、エリック皇帝陛下はもちろん、ヴァネッサ皇后陛下も敵に回す訳に
はいかないわ……。出来るだけ波風を立てず、良好な関係を築くのが一番……なのだけれど、これ
はどうも……。
副菜のサラダをもそもそと食べる私は――皇族三名から向けられる視線を完全にスルーする。
『私は見せ物ですか!?』という言葉を必死に呑み込みながら……。
はぁ……何故、皇族三人にガン見されながら食事を摂らないといけないのかしら？　これは新手
の嫌がらせか何か？　だとしたら、今すぐやめてほしいわね。
ある意味フローラの嫌がらせより質《たち》が悪いそれに、私の胃はキリキリと……いや、メキメキと悲
鳴を上げる。正直、もう食事どころではなかった。

「さっきからサラダしか食べていないようだけれど、お野菜が好きなの？　それとも、好きな料理がなかったのかしら？　鶏肉は苦手？」

パステルブルーの長髪を耳に掛け、無表情のままこちらを見つめてくるヴァネッサ皇后陛下。美しいエメラルドの瞳には怖いくらい感情がなかった。

『あぁ、エドワード皇子殿下の無表情は母親譲りなんだな』と、どうでもいいことを考えながら、私は何とか笑顔を取り繕う。

「いえ、そういう訳では……私は特に好き嫌いがありませんので。ただ朝食を食べ過ぎたみたいでお腹が……」

「────今日はいつもより、朝食の量が少なかったと思うが」

『皇族の皆さんにガン見されて、食べづらいんです』と言う訳にはいかないため、適当な言い訳を並べたというのに、エドワード皇子殿下がそれをぶち壊しに来た。不思議そうに首を傾げる彼からは悪意を一切感じない……。

恐らく、彼に悪気はないんだろう。ただ空気が読めないだけで……。

「……だ、男性であるエドワード皇子殿下には少なく見えたかもしれませんね……」

「そうか？　朝食がパン一切れとサラダだけなんて、誰の目から見ても少なく感じると思うが……」

「そ、それは……」

「それとも、この食事量が女性にとっては普通なのか？　だとしたら、母上はかなりの大食らいになるな」

「えっ!? ち、違います！ 普段はもっと食べられますので、ヴァネッサ皇后陛下が大食らいな訳じゃ……！」

不敬と思われてもおかしくないエドワード皇子殿下の発言に、私は慌てて首を振って否定した。

無自覚なのか、わざとなのか分からないが、エドワード皇子殿下は確実に私を追い詰めていく……。

「では、何故サラダ以外に手を付けないんだ？」

「えっと、それは……」

「好き嫌いもなく、普段の食事量が少ない訳でもない……なのに何故だ？」

「そ、れは……」

完全に逃げ道を塞がれ、私は早くも涙目になる。断崖絶壁に追い詰められた殺人犯のような心境に陥った。

正解を探すように視線を右往左往させていれば、不意にヴァネッサ皇后陛下と目が合う。

「カロリーナ、不満があるなら言ってちょうだい。テラスでの食事が嫌なら屋内に変えるし、私たちに何か問題があるなら改善するわ」

「母上の言う通りだ。不満があるなら、遠慮なく言ってほしい」

「うむ。これから私たちは『家族』になるのだから、遠慮はいらない。思い切って言ってみなさい」

彼らは私が嘘をついたにも拘わらず、怒るどころか私の心に歩み寄ろうとしてくれている。エリック皇帝陛下に至っては私を『家族』と呼んでくれた。

彼らの優しさがただ単純に嬉しい。

馬鹿ね、私は……。こんなにも優しい人たちにビクビクして……。せっかく、彼らは私を温かく迎え入れてくれたのに……これでは、あまりにも失礼すぎる。

彼らの優しさに応えるためにも、私の正直な気持ちを明かすべきだろう。

決意を固めた私は穏やかに笑うエリック皇帝陛下と無表情ながらも優しさを感じられるヴァネッサ皇后陛下を見つめ返す。そして最後に、婚約者であるエドワード皇子殿下に視線を移した。

エドワード皇子殿下は『大丈夫だ』とでも言うように小さく頷く。私はそれに頷き返しながら、ゆっくりと口を開いた。

「実は……マルコシアス帝国の皇族である皆さんとの食事に緊張してしまいまして……あまり食欲がないんです。それに皆さんからの熱烈な視線もあって、余計緊張が……。嘘で誤魔化《ごまか》そうとして、申し訳ありませんでした」

食事中に立つのはマナー違反かと思い、座った状態のまま深々と頭を下げる。私の素直な気持ちを聞いたお三方は激怒するでもなく、互いに顔を見合わせていた。

予想外の反応を示す三人に、私は困惑してしまう。

えっと、これは一体……？

「父上と母上もカロリーナのことを見つめていたんですか？」

「ああ。だって、カロリーナ嬢はこれから私の義娘《むすめ》になるんだぞ？　こんな可愛い子が義娘になるんだ、じっくり見たいだろう？」

「うちは男しか居なかったから、義娘が出来るのかと思うと嬉しくて、ついね……。それにほら、あの赤い瞳なんてエリックとエドワードの髪色みたいで綺麗でしょう？」

「確かに……。ですが、カロリーナの瞳は父上や私の赤髪より、宝石のルビーの方が近いと思います」

「我が国でルビーは特別な意味を持つ宝石だ。ルビーと同じ瞳を持つ女性を娶《めと》るだなんて、この上ない幸運だな」

エリック皇帝陛下の言葉に、エドワード皇子殿下は『はいっ！』と元気よく頷いた。瞳の話をしたせいか、再び私の方へ視線が集まる。

こうも見つめられると少し緊張してしまうが、さっきのような不安は一切感じられなかった。私の瞳がルビーみたい、か。そんなの初めて言われたわ。この赤い瞳はいつも『気味が悪い』と言われていたから……。だから、とても嬉しい。

――――生まれて初めて、自分のことが少しだけ好きになれる気がした。

「ルビーの瞳をした令嬢が我が国に嫁いでくるだなんて、もはや運命ね。結婚指輪は絶対ルビーが良いと思うわ。オススメは幻のルビーと呼ばれるピジョンブラッドね。手に入りにくい宝石だけど、皇家の力を使えば何とかなるわ」

「ピジョンブラッドですか……。結婚式までに手に入るでしょうか？」

「そこは私がどうにかしよう。確かピジョンブラッドが採れるのはサン国だったな？」

「サン国の国王とは交流があるし、交渉次第では直ぐに手に入るわね」

「恩に着ます、父上」

いつの間にか話題は『ルビーの瞳』から『結婚指輪』に変わっており、彼らは楽しそうに会話を交わしている。サンチェス公爵家とは全然違う食事風景だった。

この方たちが私の新しい家族……。こんなに温かい人たちと家族になれるだなんて、私はきっと幸せ者ね。一生分の運を使い果たした気分だわ。

私はこの幸せな時間を噛み締めるように、この光景を目に焼き付けた。

◇◆◇◆

その後、昼食会は十四時過ぎまで行われ、宰相がエリック皇帝陛下を呼びに来たタイミングでお開きとなった。食堂を後にした私はエドワード皇子殿下の案内で来客用の客室に通され、そこで休憩をとっている。

本来エドワード皇子殿下の婚約者である私は城の敷地内にある宮殿を一つ与えられるのだが、『セレスティア王国から来た使者』という建前を守るため、皇城の客室でしばらく生活することになっている。ここでは人の目が多くなるため、ただの使者《来客》である私が宮殿で過ごしていると怪しまれてしまうのだ。

テオドール様の話によると、宮殿入りは早くても二週間後……つまり、婚約及び結婚の発表が終わってからになるらしい。ただ婚約段階で宮殿入りする例はあまりないため、結婚式が終わるまで皇城生活が長引くかもしれないと言っていた。

まあ、一貴族に過ぎない私からすれば、皇城に住めるだけでも有り難い……と言うか、貴重な体験なのだけれどね。

『せっかくだから、この貴重な体験を目いっぱい楽しもう』と、客室の高級そうなソファに身を沈める――――すると、部屋の扉が不意にノックされた。

「カロリーナ様、入ってもよろしいでしょうか？」

扉の向こうから聞こえてきたのは聞き覚えのない声だった。声の高さから、相手が女性であることが辛うじて分かる。

やっと一息つけると思っていた私は渋々ながらも、ソファに沈めていた体を起こした。

「どうぞ」

「失礼します」

「しっつれーいしまーす！」

入室の許可を出せば、扉の向こうから二人の男女が現れた。どうやら、私の元を訪ねてきたのは女性だけではなかったらしい。

私は横並びになった男女をじっくり観察する。

恐らく、地味な装いをした女性の方は侍女ね。それも貴族出身の……。だって、平民出身の侍女

ではここまで洗練された動きは出来ないもの。小さい頃から、英才教育を受けてきた証拠ね。

そして、男性の方は装いからして騎士か衛兵であることはまず間違いない。城内で帯剣を許されるのは騎士か衛兵だけだもの。でも、城の衛兵が客人に向かって『まーす』なんて言葉使う訳がないから……多分、彼は騎士ね。

と、勝手に予想を立てた私は二人の男女の温度差に苦笑を浮かべる。

きちんとした態度で仕事に臨む女性とダラダラとした態度で私の前に立つ男性は一言で言うと、正反対なタイプだった。

「カロリーナ・サンチェス公爵令嬢様、本日より貴方様のお世話を命じられた、侍女のマリッサ・キッシンジャーです。エドワード皇子殿下との結婚の件は伺っておりますので、何か困ったことがあれば何なりとお申し付けくださいい」

手短に自己紹介を披露したマリッサは腰を九十度に曲げる。私は彼女の名前に聞き覚えがあった。

————マリッサ・キッシンジャー。

キッシンジャー伯爵家の三女であり、帝国で一、二を争うほどの美女。

彼女の艶やかな黒髪は男性の目を引き、海のように深い青の瞳は一瞬で相手を虜《とりこ》にする。また雪のように白い肌は男の欲を駆り立て、ピンク色の唇からは目が離せなくなってしまう。セクシーでありながら、どこか純情を誘う見た目に帝国の男性は夢中なんだとか……。

正直この噂を聞いた時は『大袈裟《おおげさ》だな』と思ったが、実物を見たことでその考えは変わった。確かに彼女はこの世のものとは思えないほど美しい……。男性陣が夢中になるのも分かる気がした。

でも、何でそんな凄い人が私の侍女なんか……。マリッサなら、引く手数多だろうに。

「よろしくね、マリッサ。事情を知っている人が侍女になってくれて、心強いわ。ところで、私の侍女は貴方だけなのかしら？」

ソファから立ち上がった私はマリッサの前まで行き、彼女に握手を求める。すると、彼女は驚いたように目を見開いた。が、直ぐに元に戻り、私の手を控えめに握った。

「こちらこそ、よろしくお願い致します。カロリーナ様専属の侍女については今のところ私だけです。建国記念パーティーの準備で今はどこも人手不足でして……。それにカロリーナ様の事情を知っている者は少ない方が良いですから。時々他の侍女が臨時で来たりもしますが、基本は私一人でカロリーナ様のお世話をすることになると思います」

「そう……分かったわ。マリッサになるべく負担を掛けないようにするけど、辛くなったらいつでも言ってちょうだい。たった一人で誰かのお世話をするのは大変でしょうから」

私はニッコリ微笑んでマリッサにそう告げると、彼女の手を僅かに握り返して手を離した。

私はここ一週間の旅を通して、侍女の大切さと必要性を痛感した。侍女が居ないと、着替え一つまともに出来ないのだから、本当に困ったものだ。

自分がどれだけ侍女と言う存在に頼っていたのか、よく分かった。それと同時に侍女の大変さを理解したのだ。だからこそ、私はマリッサに『無理はしないように』と告げている。

『この一週間、本当に大変だったなぁ』としみじみ思う私をよそに、マリッサは大きく目を見開き、騎士と思しき男性はブハッと吹き出した。

「ぶはははは っ！　マジかよ!?　こんな令嬢ありか!?　ぶはははっ！　団長直々の命令だから仕方なくアンタの護衛を引き受けたけど、これは引き受けて正解だったかもな！　団長の婚約者っつーから、どんな高飛車令嬢かと思いきや、ただの良い子ちゃんじゃねぇーか！　ぶはははっ！」

「えっ、と……？」

突然爆笑し始めた男性に、私は困惑してしまう。でも、不思議と悪い気はしなかった。

男性は肩まであるライム色の髪をかき乱して笑い、夕日色の瞳に涙を浮かべる。その綺麗な顔に似合わない豪快な笑い方はヤンチャっぽさを感じた。

普通の貴族なら、口を大きく開けて笑う彼を『はしたない』『品がない』と思う筈だが、ちっとも不快に思わない。なんと言うか……彼には子供のような自由奔放さがあるのだ。

エドワード皇子殿下に頼まれて私の護衛を引き受けたという男性は一頻《ひとしき》り笑った後、目尻に浮かんだ涙をおもむろに拭う。

「俺は『烈火の不死鳥』団に所属している、オーウェン・クラインだ。これでも一応男爵家の次男。団長にアンタの護衛を頼まれてきた、護衛騎士だ。とりあえず、よろしく！」

オーウェン・クラインと名乗ったその青年はニッと歯を見せて笑い、握手を求めるようにこちらへ手を差し出した。

◇◆◇◆

こうして、セレスティア王国の使者として皇城入りを果たした私はフカフカのベッドで夜を明かし……帝国の礼儀作法やマナーを学ぶべく、朝早くからレッスン室を訪れていた。

のだが……そのレッスン室には何故かヴァネッサ皇后陛下の姿があった。

ヴァネッサ皇后陛下以外に人の姿はない……。おまけにレッスン開始時刻まであと五分と来た。この状況でまだ講師の姿が見えないのは明らかにおかしい……。

ということは……。

私は連れてきた侍女のマリッサに視線を送ると、彼女は控えめに……そして、どこか申し訳なさそうに頷いた。どうやら、彼女はヴァネッサ皇后陛下に口止めをされていたらしい。

全ての元凶である青髪の美女は悪戯が成功した子供のように僅かに目を細めた。

「……おはようございます、ヴァネッサ皇后陛下。念のためお聞きしますが、礼儀作法やマナーの講師はヴァネッサ皇后陛下でお間違いないでしょうか？」

「ええ、それで間違いないわ。私が貴方の講師役を買って出たの。昔から娘に何か教えるのが夢でね。ほら、うちって男しか居ないでしょう？　だから、カロリーナがうちの嫁に来るって知った時は本当に嬉しかったの。貴方みたいな子が義娘になってくれて、本当に嬉しいわ」

穏やかな目で私を見つめるヴァネッサ皇后陛下は本当に嬉しそうだった。私とエドワード皇子殿下の結婚を心から祝福してくれる彼女に、私の心は自然と温かくなる。

嗚呼……この方は私を家族と認め、歓迎してくれている……。それがどれだけ嬉しいことなのか、ヴァネッサ皇后陛下は知る由もないだろう。

無自覚に人の心を揺さぶるところまで本当にエドワード皇子殿下とそっくりだ。

「私も義母《はは》が出来て……いいえ、ヴァネッサ皇后陛下が義母になってくれて、大変嬉しいです。ヴァネッサ皇后陛下のご期待に応えられるかは分かりませんが、本日はご指導の方よろしくお願い致します」

まだ本音を言うのは照れ臭いが、ヴァネッサ皇后陛下から貰った温かい言葉や愛情を少しでも返せるようにと素直な気持ちを口にする。僅かに目を見開く青髪の美女はポッと頬を赤く染める私に歩み寄ってきた。

間近で見るヴァネッサ皇后陛下はやはり綺麗で……ただ立っているだけでも感じる気品とオーラはマルコシアス帝国の皇后陛下として相応しいものだった。

「こちらこそ、よろしく。レッスンの講師なんて初めてだけど、精一杯務めさせてもらうわ」

ヴァネッサ皇后陛下の表情は相変わらず無表情だが、何となくやる気に満ち溢れているのが分かる。

マリッサから『帝国式マナー入門編』という本を受け取った彼女はそれをパラパラ読みながら、掛け時計へチラッと視線を向けた。

「あまり時間もないようだし、早速レッスンを始めましょうか」

「はいっ！　よろしくお願いします！」

ヴァネッサ皇后陛下直々の指導よ！　期待を裏切らないためにも、精一杯頑張らなくちゃ！

と、意気込む私だったが、これから始まるヴァネッサ皇后陛下のスパルタレッスンで半泣きになるとは思いもしなかった。

◇◆◇◆

それから、私は帝国式の礼儀作法やマナーをこれでもかってくらい教え込まれた。

社交界の基本となるお辞儀や挨拶はもちろん、パーティー会場での細かいマナーまで……。怒濤《どとう》の勢いで駆け巡る大量の情報に目を白黒させながら、覚えましたとも！

と言っても、帝国の礼儀作法やマナーはセレスティア王国のそれとあまり変わらないため、意外とすんなり習得出来たが……。でも、なんせ数が多い。

これは後で復習を行う必要がありそうだ。

『休む暇はなさそうね』と、内心溜め息を零す。

私はフローラのように一度習えば全て完璧に覚える天才ではないため、凡人なりに努力を重ねるしかなかった。

「お疲れ様、カロリーナ。ちょっと飛ばし過ぎたみたいね。カロリーナは呑み込みが早いから、つい張り切っちゃったわ」

疲れを隠し切れない私に、ヴァネッサ皇后陛下が心配そうに話し掛けてくる。まあ、『心配そうに』と言っても表情は無表情のままだが……。

でも、今はそんなことより気になることがあった。

呑み込みが早い……？　この私が……？　サンチェス公爵家唯一の出来損ないと言われた私が今、ヴァネッサ皇后陛下に褒められたと言うの……？

今までどんなに頑張っても、『フローラ様の方が凄い』『サンチェス公爵家の人間なら、もっと出来る』としか言われなかったのに……。仮に褒め言葉を言われたとしても、『でも、フローラ様の方がお上手ですから、もっと頑張りましょうね』と必ずフローラと比べる言葉を掛けられていた。

講師からすれば、私のやる気を引き出すための言葉だったんだろうが、私にはそれが嫌で嫌でしょうがなかった。

フローラと比べないでほしい。私自身を見てほしい。『凄いね』の一言でも良いから褒めてほしい。

今まで飲み込んできた言葉が私の心を掻《か》き乱す。

ヴァネッサ皇后陛下は当たり前のように私の欲しい言葉をくれる……。他の誰でもない私自身を見てくれる……。

それがどれだけ嬉しいことなのか……きっと誰も分からない。

私は込み上げてくる何かを耐えるように、胸元をギュッと握り締めた。

「わ、私は……呑み込みが早いんでしょうか……？」

話題の中心はあくまでスパルタレッスンのことなのに、私は見当違いな質問を口にする。

でも、どうしても聞きたかった。言ってほしかった。

――貴方も充分優秀よ、と。

確かに私はフローラのように優秀じゃないし、特筆すべき才能もない。でも……完璧や一番になれないだけだ。

淑女として必要な教育はしっかり受けているし、勉学だって中の上の成績を修めている。物凄く優秀って訳じゃないが、『出来損ない』と言われるほど酷い訳でもない。

なのに……サンチェス公爵家の人間だからという理由で、完璧や一番になれない私は『出来損ない』と言われるようになった。

別にサンチェス公爵家の次女として生まれてきたことを後悔している訳ではない。でも、求められるハードルが高すぎて苦しんできたのは事実。

もしも、サンチェス公爵家が特殊な家柄でなければ私も他の令嬢みたいに『凄いね』と褒められていたかもしれない……。そう思うと、胸が苦しかった。

こんな風にヴァネッサ皇后陛下に甘えて良いのかは分からない……。

でも、今回だけでいいの……。今回だけでいいから……一度だけでいいから、私のことを褒めてほしい。認めてほしい。

そんな子供のようなワガママに、ヴァネッサ皇后陛下は気を悪くするでもなく、ただ真っ直ぐに私を見据える。エメラルドの瞳からは何の感情も窺《うかが》えないけれど、温かい何かは感じられた。

「そうね……カロリーナはとても呑み込みが早いと思うわ。これは理解力が高い証拠ね。物覚えも良い方だし、意欲的な態度も実に好ましい。貴方が優秀な生徒であることは間違いないでしょう。

そして……」

ヴァネッサ皇后陛下はそこで言葉を区切ると、スッと私の頬に手を添えた。ひんやりとした手が頬の熱を溶かす。

「――カロリーナは私の自慢の義娘よ。こんな優秀な子が私の義娘だなんて、私も鼻が高いわ」

「っ……！」

ヴァネッサ皇后陛下の温かい言葉がじわじわと私の心を解かした。褒め言葉以上の言葉を頂き、涙腺が緩む。

ヴァネッサ皇后陛下は狡い……狡いわ！　自慢の義娘なんて言われたら、もう……！　涙を我慢出来なくなってしまう……！

胸元を更に強く握り締め、涙を堪えようとする私だったが、彼女はここで追い討ちをかけてくる。

「他の誰かと比べる必要なんてないわ。貴方は貴方でしかないのだから。少なくとも、私はカロリーナ自身しか見ていないわ。だから、怖がらなくて良いのよ。もっと欲しがって良いの。私たちはもうすぐ家族になるんだから。遠慮なんていらないわ。たくさん甘えてきなさい。そしたら、たくさん甘やかしてあげるわ」

「っ～……！」

私と姉の関係や私の周りからの評価を知っていたのか、ヴァネッサ皇后陛下は的を射た言葉で、私に『自信』と言う名の武器を握らせた。

白く綺麗な手が親指の腹で私の頬を撫でる。その手つきは泣きたくなるほど優しかった。

欲しがって良いの……？　甘えて良いの……？　もう一人でっ……戦わなくていいの？

どんな悪口や嫌味にもずっと一人で耐えてきた私にとって、ヴァネッサ皇后陛下の言葉は小さい頃からずっと欲しかったものだ。

ポロリと左目から、一粒の涙が零れる。涙で歪む視界の中、私は青髪翠眼《すいがん》の美女を見上げた。

「ありがとう、ございますっ……！」

頰に添えられた手に自身の手を重ねながら、私は掠れた声でお礼を言った。

◇◆◇◆

その後、私はヴァネッサ皇后陛下の前で子供のように大泣きし……羞恥心を抱えて、自室に戻っていた。

さっきの出来事……いや、失態を振り返りつつ、私は昼食用のサンドウィッチを頰張る。

はぁ……感情が昂《たかぶ》っていたとは言え、ヴァネッサ皇后陛下の前で号泣するだなんて、有り得ないわ……。私はもう十六歳なのに……。まあ、ヴァネッサ皇后陛下は『気にしなくていい』と言ってくださったけれど……。でも、やっぱり気にしちゃうわよね。

ヴァネッサ皇后陛下と次会う時、私はどんな顔をすればいいのかしら……？

サンドウィッチ片手に一人悶々と考え込む私だったが、ここで少し席を外していたマリッサが戻ってきた。

「カロリーナ様、お食事中失礼します」

こちらまで歩いてきた黒髪の美女はソファに座る私と目線を合わせるようにその場で膝をつく。

「午後の講義の場所が『烈火の不死鳥』団本部に変更されました。騎士団本部へは案内も兼ねて護衛騎士のオーウェンが同行致します」

「そう。講義の場所が『烈火の不死鳥』団本部に……って、えぇ!? 騎士団本部で講義!?」

「はい。講師であるテオドール様が『騎士団の仕事をこなしながら講義を行いたいので、騎士団本部まで来てほしい』と……」

えっ!? 騎士団の仕事と講義を同時進行で行うの!? いくら何でもそれは無理があるんじゃゃ……って、そうじゃない！

何で突然講義の場所が自室から、騎士団本部に変更されたの!? それもこんな直前に！

突然の場所変更には戸惑いが隠せないが、教えてもらう立場の私が文句を言える訳もなく……大人しくその変更に従うしかなかった。

◇◆◇◆

昼食を終えた私は護衛騎士のオーウェンに案内されるまま、『烈火の不死鳥』団本部を訪れていた。

『烈火の不死鳥』団に限らず、皇国騎士団の本部はみんな皇城と渡り廊下で繋がっており、緊急時に直ぐ駆け付けられるようになっている。そのため、皇城と騎士団本部の行き来はかなり楽だった。

へぇ〜。ここが『烈火の不死鳥』団の本部か。

思ったより、シンプルな造りね。皇国騎士団って言うくらいだし、もっと豪華な建物かと思っていたわ。

物珍しげに本部のエントランスホールを見回す私に、案内役のオーウェンがケラケラ笑う。

「ははは！　アンタの反応って、本当分かりやすいな？　皇国騎士団だから、もっと豪華な建物だと思ったんだろ？　でも、残念。うちの団長がそういうの好きじゃないから、こういうシンプルなデザインになったんだよ。他の騎士団本部はもう少し華やかだぜ？」

オーウェンの補足説明に、私は一人『なるほど』と頷いた。

確かにエドワード皇子殿下は派手なものを好むタイプじゃなさそう。客人の第一印象を左右するエントランスホールに、花瓶や絵画と言った調度品が一切ないのも納得がいく。

「エドワード皇子殿下らしいわね」

「だろ？　あの人、見た目よりも中身が大事って思ってるから、変に着飾ろうとしないんだよ。『貴族の屋敷のように豪華にしたところで、騎士団の本質は変わらない。騎士に必要なのは実力だけだ』って、改装工事の話が持ち上がる度に言うんだ。皇族のくせに変わってるよな？」

「オーウェン、『皇族のくせに』は余計よ。誰かに聞かれたら、大変なことになるわ。言葉遣いには気を付けてちょうだい。まあ、言いたいことは分かるけれど……」

オーウェンは褒め言葉のつもりで『皇族のくせに』と言ったんだろうが、聞き手によっては悪い意味で捉えてしまう可能性がある。オーウェンの砕けた口調は嫌いじゃないが、何気ない一言が命取りとなる皇城の敷地内では気を付けた方が良い。口は災いの元だ。

と、心配する私を他所に、ライム色の髪をした青年はムッとした表情を浮かべる。

「ここは『烈火の不死鳥』団本部だから、大丈夫だよ。多少のことには目を瞑ってくれる。俺だって、ところ構わずこんなこと言ったりしねぇーよ」

善意のつもりで注意を促したのだが、オーウェンにはありがた迷惑に過ぎなかったようで、煩わしげに私の言葉を跳ね返してきた。ガシガシと乱暴に頭を掻くオーウェンは眉間に深い皺《しわ》を刻み、不機嫌を露わにする。

怒らせてしまったみたいね……。まあ、最近皇城入りを果たした私に偉そうにお説教されれば怒りたくもなるか……。オーウェンは私なんかよりずっと皇城のことについて詳しいものね。

帝国行きが決まってから良いことばかり起きていたから、少し調子に乗っていたかもしれない。

「ごめんなさい、オーウェン。よく知りもしないのに説教だなんて……。これからは気を付けるわ。でも、騎士団本部には外部の人間も行き来するし、もう少し言葉に気を付けた方が良いと思う……」

「へいへい。分かったから、この話は終わりにしよーぜ」

反省と謝罪をする私とは対照的に、面倒臭そうに返事をするオーウェン。彼はこの話題を早く終わらせたくて仕方ないらしい。

何となく分かっていたけど、私の言うことを聞く気はなさそうね。なんだか、反抗期の子供を相手にしているみたいだわ……。

『はぁ……』と溜め息を零した私は掛け時計に目をやり、気持ちを切り替える。どうやら、ここでゆっくりお喋りをする時間は残されていないらしい。

「オーウェン、会議室まで案内してちょうだい。もうあまり時間がないわ」

「りょーかい。超特急で会議室まで案内してやるよ。副団長は遅刻にうるさいからな」

「ええ、お願い」

オーウェンのご希望通り話題を変えてやれば、彼はニッと白い歯を見せて笑う。そして、『こっちだぜ』と西廊下を指差しながら、意気揚々と歩き出した。

扱いにくいのか、扱いやすいのかよく分からない人ね。

◇◆◇◆

「会議室はここだぜ。中にはもう副団長が居るだろうから、ノックして入りな」

「分かったわ。案内ありがとう」

オーウェンの案内の下、会議室まで辿り着いた私は真っ白な扉を見上げる。室名札には『第一会議室』としっかり書いてあった。

飾り気のない扉を見上げながら、緩く拳を握った私はコンコンコンと扉を三回ノックする。

「カロリーナ・サンチェスです。講義の場所が騎士団本部の会議室に変更されたとのことで、やって参りました」

「……あぁ、もうそんな時間ですか。どうぞ、中へ入ってきてください」

扉の向こうから聞こえてくるテオドール様の声には疲れが滲み出ており、覇気がなかった。

きっと遠征中に溜まった書類や報告書の作成に追われていたのでしょう。建国記念パーティーの手伝いだってあるだろうし、副団長のテオドール様は大忙しの筈……。

そんな中、私の講師役を引き受けてくれたテオドール様には本当に頭が上がらないわ。

多忙を極めるテオドール様に申し訳ない気持ちを募らせながら、私は部屋の扉を開ける。すると、そこには――――チョーク片手に黒板の前に立つ金髪の美男子の姿があった。

うわぁ……これは相当お疲れみたいね。目の下の隈《くま》が酷いもの。多分皇城に帰還してから、一睡もしていないわね……。目に生気が宿っていないわ……。あと数日もすれば、倒れるんじゃ……。

私は長テーブルの上に積まれた大量の書類と寝不足で今にも死にそうなテオドール様を交互に見つめる。そして、急遽《きゅうきょ》場所が変更された経緯について、おおよそ予想がついた。

移動時間すら惜しいって訳ね……。まあ、この仕事量なら仕方ないわね。

「ごきげんよう、テオドール様。随分とお疲れのようですが……大丈夫ですか？」

「カロリーナ様、騎士団本部までご足労頂きありがとうございます。確かに疲れはありますが、四徹に比べればまだマシな方なので平気です。ご心配をお掛けして、申し訳ありません」

よ、四徹に比べればマシな方……!?　テオドール様は一体どれだけ睡眠時間を削っているの!?

このままだと、本当に倒れてしまうわ……！

もっとご自愛ください、テオドール様……。

安心するどころか更に心配を強める私を置いて、テオドール様はこの場の雰囲気を変えるようにパンパンッと手を叩く。

「さて、時間もないことですし、早速講義に移りましょうか……。あぁ、今回はエ、エドワ、ワ、ワード皇子殿下も一緒に講義を受けることになりますが、どうかお気になさらず……」

「なるほど、エドワード皇子殿下も一緒に講義を……って、えぇ!? エドワード皇子殿下も一緒に!?」

サラッと爆弾発言をしたテオドール様に、私は大声を上げ、彼の綺麗な顔を凝視した。

え、なんっ……!? 今、エドワード皇子殿下も一緒にって言わなかった!? 私の聞き間違いとかじゃないわよね!? ねっ!?

何でそんな重要事項を今言うのよ! ある意味、一番重要な連絡事項じゃない!

と嘆きながら、私はテオドール様から視線を外し、室内を見回す。

長テーブルが一定の間隔を空けて置かれたこの空間で――――エドワード皇子殿下はちゃっかり椅子に座っていた。

全っ然気づかなかったわ……。赤髪って、結構目立つ筈なのに……。エドワード皇子殿下は気配でも消していたのかしら……?

って、今はそんなことを考えている場合じゃないわ! 今は一刻も早くエドワード皇子殿下に挨拶し、非礼を詫《わ》びなければ……。気づかなかったとは言え、皇族を無視してしまったのだから……。

私は取り乱したことを誤魔化すように『コホンッ』と一つ咳払《せきばら》いし、スッとドレスのスカートを摘まみ上げた。

「ご機嫌麗しゅうございます、エドワード皇子殿下。カロリー・サンチェスがエドワード皇子殿下にご挨拶申し上げます。ご挨拶が遅くなってしまい、大変申し訳ございませんでした」

「いや、気にするな。事前に知らせなかった俺……私も悪い。それより、こっちに来い。立ったままでは講義を始められないだろう？」

赤髪の美丈夫はそう言って、隣の席をポスポス叩く。他にもたくさん席はあるのに、彼は何故か自分の隣の席を勧めてきた。

「あ、はい！　では、お隣失礼します」

エドワード皇子殿下の好意を無下にする訳にもいかず、私は促されるまま彼の隣に腰を下ろした。座った時に出来たドレスの皺をさり気なく直す。

そして支給された教科書を広げ、ペンを構える私だったが……隣からの視線が気になって、しょうがない。

な、何故エドワード皇子殿下は私の横顔を見つめて……？　こうも見つめられると、居心地が悪いのだけれど……。まあ、昨日の昼食会の時よりかはマシだけど……。

ペンも持たずにひたすら私の横顔を眺めるエドワード皇子殿下をスルーし、私はギュッとペンを握り締める。そんな私に、テオドール様は同情の視線を送るが、助けてくれることはなかった。

「では、まず教科書の十三ページを開いてください。帝国史の基礎から順番に勉強して行きましょう」

黒板にチョークを走らせるテオドール様の後ろ姿を見ながら、私は指示通り教科書の十三ページを開く。

そこには帝国の大雑把な歴史と初代皇帝について書かれていた。

「マルコシアス帝国は今から約七百年前に誕生し、戦争を介して急激な成長を遂げました。初代皇帝は常に戦の最前線に立ち、己の持てる力全てを使って多くの戦に勝利してきたと言われています。そのため、初代皇帝は多くの民から『大賢者』と呼ばれ、崇められていました。では、ここで問題です。何故皇族のミドルネームが『ルビー』で統一されていると思いますか？」

「えっ？　ミドルネームの意味、ですか……？」

「はい」

突拍子もない質問を突然振られ、私は困惑してしまう。戸惑いが隠せない私を、テオドール様は実にいい笑顔で見つめていた。

ミドルネームの意味なんて、いきなり聞かれても分からないわ……。でも、何か答えないと、テオドール様は満足しないだろうし……頑張って答えを見つけるしかないわね。

えーと、確か『ルビー』というミドルネームはマルコシアス帝国の皇族に代々受け継がれるものだったわね……。話の流れからして、初代皇帝と何か特別な繋がりがあるのは確実だけど……その繋がりが分からないのよね。

『はぁ……』と深い溜め息を零しながら、視線を右往左往させていれば、不意にトントンと肩を叩かれる。

「ん……これだ」

私にだけ聞こえる小さな声でボソッとそう呟いたエドワード皇子殿下は紙に走り書きした文字を指で叩く。そこには男らしい不格好な文字でこう書かれていた。

「勝利の石……？」

「半分正解です」

カンニングペーパーさながらの回答に、テオドール様は文句を言うことなく言葉を続けた。

「確かに帝国内でルビーは『勝利の石』と呼ばれています。ただそれだけでは説明不足です。帝国でルビーが特別視されている理由はご存じですか？」

「い、いえ……」

「では、そこから説明を始めましょうか。帝国でルビーが特別視される理由には初代皇帝とその母親が大きく関わっています。初代皇帝は母親から譲り受けたルビーのペンダントをお守り代わりにいつも身に着けており、戦争中でも決して手放さなかったそうです。そして、初代皇帝は戦に勝利する度、お守りのペンダントに深く感謝していた……。そんな初代皇帝の行動が民衆の目に止まり……」

「帝国民は初代皇帝を真似るようにルビーを崇め、特別視するようになった……ということですね？」

「はい、正解です」

テオドール様は私の言葉に笑顔で頷き、拍手を送る。褒め方がわざとらしいが、今はあまり気にならなかった。

それよりも気になるのは……。

「帝国でルビーが特別視される理由は分かりましたが、それがミドルネームにどう関係しているんですか？」

私の純粋な疑問に、テオドール様は『あぁ、その説明がまだでしたね』と呟き、答えを教えてくれた。

「皇族のミドルネームが『ルビー』で統一されている理由は簡単に言うと……初代皇帝から続く伝統だから、です」

「伝統……。初代皇帝が自分の子供に『ルビー』というミドルネームを付けたのが始まりってことですか？」

「ええ、そうです。初代皇帝は自分の子供にもルビーの加護が与えられるようにと、そのミドルネームを子供に付けたのです。それが二代目、三代目と続くようになり……今ではすっかり伝統になっている訳です」

「なるほど……」

ルビーの加護か……。他国民である私からすれば、ルビーなんてただの宝石に過ぎないけど、そういう特別な意味があったのね。帝国民がルビーを神のように崇めるのも納得がいく。

「じゃあ、帝国ではルビーが贈り物の定番だったりするんでしょうか？」

「そうですねぇ……定番とまではいきませんが、戦場へ行く夫や息子に『必ず勝利して来てね』『無事で帰って来てね』という意味を込めてルビーの宝石を渡す方は多く居ます。と言っても、それが出来るのは裕福な家庭だけですが……。あとは結婚指輪の宝石にルビーを選ぶ夫婦も居ますよ。『どんな運命にも打ち勝つ』という意味を込めて……ねっ？　エドワード皇子殿下」

何故か『結婚指輪』というワードを強調して言ったテオドール様に、エドワード皇子殿下は無表情のまま頷く。

そう言えば、昨日も結婚指輪がどうとか言っていたわね。まあ、所詮は政略結婚だし、結婚指輪なんて何でも良いのだけれど……。でも、夫婦仲が円満であることを示すためにも、指輪に使う宝石はルビーの方が良いのかしら……？

なんて呑気に考える私の隣で、

「やっぱり、結婚指輪はルビーだな」

と、エドワード皇子殿下はボソッと呟いた。

◇◆◇◆

「さて、帝国史はここら辺にして、魔法学の勉強に移りましょうか」

あれから小一時間ほどかけて帝国史の基礎を説いたテオドール様はチョークを持つ手を止め、黒板消しを手に取った。

黒板にびっしり書き込まれた文字が消えていく様を眺めながら、私は新しい紙を引き寄せる。

セレスティア王国史にはサンチェス公爵家のご先祖様の名前ばかり載っていたけど、帝国史には皇族……特に歴代皇帝の名前が多く載っている。政治的な意味を兼ねて、敢《あ》えて歴代皇帝の名前が多く載っているのかと思っていたけど、彼らが行った功績を見ればその理由は一目瞭然……。『皇帝だから』という理由で帝国史に載っていると言うより、誰もが認める功績を残してきたから歴史に名を残していると言った感じだ。

書き留めた帝国史の内容を読み返していると、カツカツというチョークの音が耳を掠める。

「セレスティア王国の魔法文化がどれだけ進み、それがどのくらい貴族や民に普及しているのか分からないため、基礎中の基礎から説明させて頂きます」

テオドール様は私にそう断りを入れてから、魔法学の説明を始めた。

「まず、魔法とは魔力エネルギーを元に発生する超常現象のことを指します。個々の魔力には各魔法属性の適性があり、適性のない魔法は使えません。適性のない魔法を無理に使おうとすれば、体内の魔力が拒絶反応を起こし、魔力が乱れてしまいます」

体内の魔力が拒絶反応を起こす、か……。適性外の魔法が使えないことは分かっていたけど、使えない理由や原因については全然知らなかったわ。魔法文化が進んでいるマルコシアス帝国では『基礎を固める』ということをしっかりやっているのね。

と、感心する私を他所に、テオドール様はクイッとメガネを押し上げた。

「では、次に魔力と各魔法属性の診断確定についてお話しします。カロリーナ様の祖国を始めとする周辺諸国では魔力のあり・なしや各魔法属性の適性は先天性のもの……つまり、生まれつき決まっているものと考えられていますが、それは大きな間違いです」

「えっ!?　間違いなんですか!?」

「はい。子供の頃の魔力は非常に不安定で乱れやすく、魔力のあり・なしや各魔法属性の適性が変更されることが多々あります。魔力の有無が変更された事例はあまりありませんが、各魔法属性の適性については移ろいやすい傾向にあります。昨日まで炎属性に適性ありだったのに、今日は聖属性に適性ありになっていた……なんてザラにありますから」

「そ、そんなことが……」

魔法学の根底を揺るがし兼ねない新知識に、私は瞠目《どうもく》する。

魔力の有無や適性は生まれつきで決まるものではない、か……。直ぐには受け入れられない知識だけれど、それが嘘でないことは分かる。

だって、セレスティア王国の魔力持ちの中には昨日まで魔法を使えたのに急に使えなくなったという人が何人か居たもの。アカデミーでは『神の怒りを買って、力を取り上げられた』と教えられたけど、あれは魔法属性の適性が変わった影響だったのね。

「子供の魔力はとにかく不安定で乱れやすい傾向にありますが、大体十四～十六歳の間に安定し、魔力の有無と各魔法属性の適性が確定します。その期間を安定期と呼びます。この事実が発覚してから、マルコシアス帝国では五歳と十六歳の時に魔力検査を受けることが義務付けられ、その結果は全て国で厳重に保管されています。魔力関連の情報は立派な個人情報ですから、民からのバッシングを避けるためにも情報の閲覧者は必要最低限となっております」

「情報閲覧者の実例を挙げるなら、皇族とか魔法に関連する機関のトップとかだな」

「そうですね。あとは魔法関連の殺人事件を解決するため、捜査官のトップが容疑者をリストアップするのに使用するくらいでしょうか？　と言っても、世紀を揺るがす大事件でもない限り、閲覧許可は下りませんが……」

帝国の徹底した情報管理に、私は思わず感嘆の声を上げてしまう。

魔力検査の義務付けもそうだが、国民が検査結果を『個人情報』ときちんと認識していることに思わず感心してしまった。

魔法文化が進んでいないセレスティア王国では魔法関連の情報でここまで国民が大騒ぎすることはない。もちろん、多少の反発はあるだろうが、帝国民ほど敏感に反応することはないだろう。

だからこそ、帝国民の意識の高さと魔法普及率の高さには感心せざるを得ない。まあ、そのせいで上層部の人間は苦労しているみたいだけれど……。

「この制度が確立された当初は情報を悪用されるのではないかと民の不安が大きかったんです。だから、民たちに安心してもらうためにも、少し大袈裟なくらい管理を徹底したんですよ。これはその名残みたいなものですね……まあ、これでも以前と比べれば大分管理が緩くなったのですが……」

複雑な表情を浮かべるテオドール様は『はぁ……』と溜め息を零す。行き過ぎた情報管理と民の不安を天秤にかけ、思い悩んでいるのだろう。

私はそんなテオドール様の横顔を見つめ、今習ったことを振り返る。

まだ基礎の段階なのに学ぶことが山のように出てきたわね。マルコシアス帝国の魔法文化が進んでいることは知っていたけど、まさかここまでとは思わなかったわ。

特に驚いたのは不安定な魔力と適性の変動についてかしら？　後者はさておき、前者は聞いたことも見たこともないもの。後天性の魔力持ちなんて、本当に居るの？

――――という疑問が脳裏を過った時、私の脳内にふとある考えが浮かぶ。

「……私も実は魔力持ちだったりするのかしら……？」

可能性が低いのは分かっている。でも、『もしかしたら』と思わずにはいられない。もし、そこに一パーセントでも可能性があるなら、試してみたかった。

限りなく０に近い可能性に縋《すが》る私に、金髪の美男子は苦笑を浮かべる。

「後天性の魔力持ちは非常に稀《まれ》なケースですが、望みはあります。建国記念パーティーや結婚式が無事終了し、周囲が落ち着いてからもう一度検査を受けに行くのもいいかもしれません。ですが、何度も言うようにこれは非常に稀なケースです。あまり期待しない方がよろしいですよ」

私が再度『魔力なし』と診断されるケースを考え、テオドール様はわざと厳しい言葉を掛けてくれている。私が現実と直面した時、絶望しないように……。

お気遣いありがとうございます、テオドール様。でも、大丈夫です。ちゃんと分かっていますから――――自分に期待するだけ無駄だって。

私は高望みする度、自分の実力に裏切られて来た……挫折してきた……敗北を味わってきた……。

でも、目の前にある可能性を無視なんて出来ない。

だから、これは――――私の最後の悪足掻《あが》きです。

「ご忠告ありがとうございます。心に留めておきますわ」

テオドール様の気遣いに、ニッコリ笑って返事を返した私は胸の奥で燻《くすぶ》る『期待』と『僅かな望み』にそっと蓋をした。

◇◆◇◆

それから、魔法学の基礎について説明を受けた私は新たな知識と常識に感心しつつ、今日一日分の講義を終えた。

約三時間に亘《わた》る帝国史と魔法学の講義は興味深い話ばかりで実に面白かったと言える。

私は使用した勉強道具を片しながら、あっという間だったテオドール様の講義を思い返す。すると、書類と睨めっこしていた金髪の美男子が不意に口を開いた。

「あっ、そう言えばカロリーナ様にはまだ襲ってきた山賊のことを話していませんでしたね。お聞きになりますか?」

金髪の美男子は手に持つ書類をヒラヒラ揺らしながら、私にそう問い掛けてきた。

山賊の話、か……。それは私が聞いていいものなのかしら?

確かに私は事件の当事者だけど、ただの小娘に過ぎないし……。

迷うように視線をさまよわせれば、隣に座るエドワード皇子殿下が助け舟を出してくれた。

「聞かせてやれ。カロリーナは当事者なんだから、話を聞く権利くらいある筈だ」

「畏まりました。お話ししましょう」

テオドール様はエドワード皇子殿下の言葉に頷くと、クイッとメガネを押し上げた。

「まず、我々を襲った山賊は私たちが野営を行っていた場所の近くにアジトを構えるチームでした。いつも、あの辺を通り掛かる通行人や馬車を襲い、生計を立てていたようです。ただ最近はマルコシアス帝国とセレスティア王国の関係が微妙になったことで、あの辺を通り掛かる商人や貴族の数が減り、収入に困っていたみたいですね。だから、私たちが訓練された騎士団だと知りながらも襲ってきた……という訳です」

「普通は武装した騎士団なんて襲わないからな。どんなに規模の大きい賊でも騎士団は避けて通る。にも拘わらず、襲ってきたってことはそれだけ賊も金に困ってたってことだ」

「マルコシアス帝国とセレスティア王国のトラブルがまさか山賊にまで影響を及ぼしていただなんて……知りませんでしたわ」

両国の微妙な関係を察し、商人や貴族がマルコシアス帝国との貿易を躊躇っていたのは知っていたけど、その影響で山賊が金銭難に陥っていたとは……。まあ、賊が不景気になること自体は全然構わないけど……。だって、人を襲って金を巻き上げる人たちなんて同情の余地なし、だもの。

というか、そこまでお金に困っていたなら、普通に働けば良かったのに……。何故そこで『騎士団を襲おう』って話になったのか謎だわ。

「その山賊はセレスティア王国が管理・処罰する方向で話が進んでいるようです。私も帰国してから聞いた話なので詳しいことは分かりませんが、重い罰が下されるのはまず間違いないでしょう。仮にも皇族と貴族を襲った訳ですから」

「なるほど……理解しました」

わざと言葉を濁したテオドール様は手に持つ書類をテーブルの上に置く。私はそんな彼の気遣いに気づかないフリをした。

テオドール様は『重い罰』と処罰内容を誤魔化したけど、私たちを襲った山賊は十中八九殺されるでしょうね……一人残らず。だって、そうでもしないとマルコシアス帝国との関係が更に悪くなってしまうもの。それは何としてでも避けなければならない。

山賊に同情はしないが、彼らの未来に死刑が待ち受けているのかと思うと、少し複雑な気持ちになった。

私が何とも言えない表情を浮かべる中、エドワード皇子殿下が気を利かせたように口を開く。

「そう言えば、遠征帰りの移動では魔物に全く遭遇しなかったな。遭遇したのは飛行中のワイバーンくらいか？　まあ、そのワイバーンが私たちに危害を加えることはなかったが……」

「言われてみれば、そうですね。遠征帰りの移動では魔物と戦った記憶がありません。そのおかげで予定通り一週間で帰国することが出来た訳ですが……」

「普段はよく魔物に遭遇するんですか？　私は王都や公爵領から離れた場所にあまり行ったことがないので、あれが普通なんだと思っていました」

魔物――――マナのみで構成された生物と数えるほどしか会ったことがない私は温室育ちならではの世間知らずを発揮する。安全な場所でぬくぬく育った私にとって、魔物は架空の生物と同じような扱いだった。

オークションなんかで愛玩用の魔物を見たことはあるけど、魔物は何故か私を嫌うから間近で見たことはないのよね……。

近づくと檻《おり》の端っこに逃げちゃうし、話し掛けても威嚇しかしないし……おかげで魔物関連のオークションは全て出禁になった。

魔物に関する過去のエピソードを思い返していると、エドワード皇子殿下とテオドール様が驚いた様子で私を見つめていた。

「えっ、と……王都や公爵領でも魔物は居ますよね？」

「？　……いえ、野生の魔物は居ませんでしたよ。オークションなんかで使う愛玩用の魔物は王都や公爵領にも居ましたが」

「はっ……？　障壁や結界があったとしても、野生の魔物ゼロはないだろ。ワイバーンとか、空を飛ぶ魔物は来ただろ？」

「いえ、空を飛ぶ魔物も特には……。私が生まれる前は魔物の被害が多く確認されていたようですが、最近は全く聞きませんね。私自身、魔物はあまり見たことがありませんし」

「「……」」

私の話を聞いた麗しい殿方二人は何故か押し黙り、珍生物でも見るかのような目でこちらを見つ

めていた。

え……？　王都や公爵領に魔物は現れないのは普通じゃないの……？　これは私が……いや、私の常識がおかしいの……？

己の常識を疑う私を他所に、エドワード皇子殿下とテオドール様の言い合いが始まる。

「確かに王都や各領の街などには魔物の侵入を防ぐ障壁や結界がありますが、野生の魔物と全く遭遇しないなんて有り得るんですか？」

「いや、俺に聞くな！　テオでも分からないことを俺が分かる訳ないだろ！」

「一応聞いてみただけですよ。それから、一人称が『俺』に戻っています」

「あっ……じゃなくて！　これは一体どういうことだ!?　セレスティア王国は何か特別な魔法でも使っているのか!?　今まで一度も野生の魔物と遭遇したことがないなんて、明らかにおかしいだろ！」

「そんなこと言われても、私にだって分かりませんよ。セレスティア王国は根っからの宗教国家……じゃなくて神聖国だったので、魔法文化には興味がなかった筈ですから。だから、マルコシアス帝国の方が魔法文化は進んでいる筈なんです。大体……」

私が話した内容がそんなに非常識だったのか、赤髪の美丈夫と金髪の美男子は子供のようにギャーギャーと騒いでいる。山賊に襲撃された時ですら冷静に対応していた二人が珍しく取り乱していた。

そんな二人の様子をのんびり眺める私だったが、

「――やはり、これも聖女の力による恩恵なのか……」

というテオドール様の呟きが耳に入ることはなかった。

◇◆◇◆

それから二十分経っても、テオドール様とエドワード皇子殿下の言い合いが終わらなかったため、私とオーウェンは一足先に第一会議室を後にすることにした。

パタンと扉の閉まる音がこの広い廊下に鳴り響く。

ふぅ……とりあえず、これで今日の予定は終了ね。あとは夕食を食べて、講義の復習をして、寝るだけだわ。

本日分のスケジュールを見事完遂した私は達成感を胸に抱きながら、長い廊下を進む。案内役として、前を歩くオーウェンは『ふんふん～♪』とご機嫌に鼻歌を歌っていた。

講義中、暇そうに欠伸《あくび》をしていたのが嘘のようだ。

「それにしても、勉強嫌いの団長が一緒に講義を受けるなんて珍しいこともあるんだな」

「勉強嫌い……？　エドワード皇子殿下が？」

「ああ。団長は大の勉強嫌いで、小さい頃はよく授業を抜け出して剣の訓練してたって噂だぜ？

頭より、体を動かす方が好きだったみたいだ。だから、団長が大人しく講義を受けるなんて珍しいんだよ。ま、相手が副団長なら大人しくもなるか。でも、何で今更座学なんか……」

エドワード皇子殿下の過去をペラペラ喋るオーウェンは不思議そうに首を傾げた。

確かに皇族教育の必修を終えている筈のエドワード皇子殿下が今更座学を学び直すだなんて、おかしな話よね。エドワード皇子殿下が勉強好きならともかく、オーウェンの話を聞く限りそれはなさそうだし……。

『うーん……』と唸《うな》りながら考え込む私を他所に、オーウェンは何か閃《ひらめ》いたようにパッとこちらを振り返った。

「分かったぜ！　団長は必修科目の試験で不正を働いたんじゃねぇーか!?　それが数年の時を得て副団長にバレて……アンタと一緒に一から座学を学び直しているとか！　ほらっ！　団長が単独で座学を学び直すのは明らかに怪しいだろ!?　だから、アンタの講義に交ざって学び直せば怪しまれないとでも思ったんじゃやな……」

「――――オーウェンさん、騎士団本部で堂々と団長の悪口を言うのは感心しませんよ」

嬉々として、エドワード皇子殿下の悪口……というか、現実的に考えて有り得ない憶測を並べるオーウェンに、誰かがそう注意した。

その『誰か』は廊下の曲がり角から、ひょこっと姿を現す。

私はその人物に見覚えがあった。

「――――コレット！」

「お久しぶりです、カロリーナ様。名前を覚えて頂けて光栄です」

旅の最中、私を庇って大怪我した青年がそこには居た。

私服姿のコレットは人懐っこい笑みを浮かべ、私に向かって優雅に一礼する。そんな彼の前で、オーウェンは『げっ！』と声を上げ、顔を顰めた。

オーウェンはコレットのことが苦手なのかしら？

「久しぶりね、コレット。体調はどう？　しばらく休暇だって聞いてたけど……」

「体調は全然平気です。むしろ元気過ぎるくらいで……休んでるのが逆に申し訳ないです。なので、こうやって書類仕事を持ち帰って家でやってるんですよ。で、今日は終わった書類を提出しに来ていたんですが……途中でオーウェンさんの失礼極まりない発言が聞こえたので注意しようと……」

コレットはそこまで言い切ると、私の護衛騎士をギロリと睨み付けた。オーウェンはその視線から逃れるようにそっぽを向く。

なるほどね……。正義感が強く、根っからのいい子であるコレットと良くも悪くも正直で自分勝手なオーウェンじゃ反《そ》りが合わないか。この二人は本質的なものが全然違うものね。

オーウェンがコレットに苦手意識を抱くのも無理はない。

「オーウェンさん、先程の発言は皇族教育の質が低いと馬鹿にしているようなものです。試験監督を担当した文官にも失礼な発言ですよ。もちろん、その試験を何とか頑張って乗り切った団長にも失礼です。下手したら、不敬罪で訴えられるレベルの発言ですよ！　軽率な発言は……」

「うるっせぇーなぁ……。俺がどこでどんな発言をしようと、お前には関係ないだろ」

「関係はあります。オーウェンさんは俺の先輩ですから。それにオーウェンさんの軽率な発言のせいで『烈火の不死鳥』団の評判が悪くなったら、どうするんですか！」

正論を捲《まく》し立てるコレットに対し、オーウェンは面倒臭そうに顔を背ける。コレットの話を聞く気はなさそうだ。

「はぁ……うちの団の評判は元々悪いだろ。これ以上悪くなったところで特に変わりはしな……」

「オーウェンさん！　それはただの言い訳です！　元々評判が悪いから、更に評判が悪くなるようなことをしても良いとはなりません！　大体貴方の軽率な行動のせいでどれだけ団長と副団長が迷惑しているか知って……」

「へいへい。分かった、分かった。とりあえず、俺はお嬢の護衛があるからもう行くわ」

「なっ!?　お嬢って……！」

私の護衛を理由にさっさとこの場から立ち去ろうとするオーウェンはチラッとこちらを振り返る。

夕日色の瞳が『早く行こうぜ』と、私に催促していた。

やっぱり、捻《ひね》くれ者のオーウェンには正論が通じないか……。まあ、何となく分かっていたけど……。

でも、さすがにこのままじゃ困るわね。私に迷惑が掛かるとか、それ以前にオーウェンのためにならない。今はクライン男爵家や『烈火の不死鳥』団が庇える範囲内のことだから構わないけど、これからもそうとは限らない……。オーウェンの自由過ぎる振る舞いをこのまま放置すれば、いずれ彼は自滅してしまうだろう。それは少々後味が悪い。

「オーウェン、私も先程の発言は軽率だったと思うわ。エドワード皇子殿下がどんなに優しくても、周りがそれを許すかどうかは分からない……。さっきの話を聞いたのがコレットじゃなくて、外部の人間だったら……皇族の侮辱罪で訴えられていたかもしれないのよ？」

オーウェン自身のことを心配する私の言葉を聞いて、彼が己の言動を見直す――訳がなく、不愉快そうに更に顔を顰めた。不機嫌を露わにするオーウェンを前に、こちらも負けじと見つめ返す。

正直なところ、オーウェンの飾らない言葉や軽快な口調は嫌いじゃない。でも、オーウェンの自由な振る舞いはこちらの容認出来る範疇《はんちゅう》を優に超えている。

エドワード皇子殿下や私の前で多少を羽目を外すのは別に構わない。でも、せめて時と場所は選んでほしかった。

そんな私の心情をオーウェンが読み取れる筈もなく……彼は嫌そうにしながらも、形だけ私の言葉に頷いた。あくまでも形だけだが……。

「……分かったよ。そこまで言うなら、言動に気を付ける。これでいいか？」

随分と投げやりな言い方だが、彼にしては譲歩した方なんだろう。傍に居たコレットが驚くくらいには……。

「ええ、それでいいわ」

オーウェンの心底嫌そうな顔に苦笑しつつ、『今はこれだけで十分か』と妥協した。

命令も正論も通じない相手に説教なんてしても無駄ね。まあ、今すぐどうにかなる問題ではなさそうだし、じっくり時間をかけて解決しましょうか。

――と悠長に考える私だったが、後からこの決断を酷く後悔することになるのだった。

◇◆◇◆

順調に一日目のスケジュールをこなした私は自室で休憩ついでに趣味の読書をしていた。ソファに深く腰掛け、リラックスした状態で本のページをペラリと捲る。

私が今読んでいるのは子供向けの冒険物語だ。

このお話は聖剣の持ち主に選ばれた平民の主人公が勇者となり、多くの困難を乗り越えながら悪《あ》しきドラゴンを倒すというもの。内容自体はありきたりだが、ひたむきに頑張る主人公の姿が私は大好きだった。

この本を読んでいる間は努力は必ず報われるんだと、思えるから……。

もう何度もぶつかってきた才能の壁を思い出しながら、私は文章を読み進めた。すると、気を利かせたマリッサが紅茶を淹《い》れる。

「ありがとう、マリッサ」

「いえ……」

クールな彼女は茶菓子をテーブルにセッティングすると、一礼して後ろに下がった。オーウェンと違って勤務態度もバッチリなマリッサは弱音一つ吐かず、仕事に励んでいる。

その姿はちょっとだけ、父に似ていた。

「ねぇ、マリッサ。貴方も本を読んだりするの？」

「本、ですか……？　たまに読みますが、そんなに頻繁には……。カロリーナ様はよく本を読まれるのですか？」

「私はほぼ毎日読んでるわよ。読書は私の趣味だもの」

ニッコリ笑ってそう答えれば、マリッサは『素敵な趣味をお持ちですね』と社交辞令全開の返答をしてきた。

ついでにマリッサとの個人的な会話も終了してしまう……。

やっと、マリッサと仕事以外の会話が出来たと思ったのに……僅か二分で終了してしまうなんて……。

いや、まだ諦めるのは早いわ！　会話が続かないなら、話題を作り出すまで！

「ねぇ、マリッサは普段どういう本を読んでいるの？」

「専門書や図鑑を主に読んでいます。最近読んだのは植物図鑑です」

「そ、そう……」

植物図鑑、か……そう来るとは思わなかったわ。マリッサは難しそうな本ばかり読んでいるのね……私も一応専門書や図鑑を読んだことがあるけど、それは読書というより、お勉強に近かったから趣味から除外していたわ……。

「えーっと……小説とかは読まないの？　一時期流行《はや》ったロマンス小説とか……」

「小説、ですか……あまり読んでませんね。あっ、でも――――」

考え込むような仕草をしたマリッサは何か思い出したように顔を上げた。海色の瞳と不意に目が合う。

「――――シンデレラは小さい頃によく読んでいました」

黒髪の美女が口にした小説のタイトルに、私は僅かに目を見開いた。

シンデレラ……？　それって、確か意地悪な継母や義理の姉たちに虐げられた後、王子に見初められて幸せになる恋愛小説よね……？　かなり有名なお話だから、恋愛小説をあまり読まない私でも知ってるわ。まあ、ちゃんと本を読んだことはないけど……。

私はシンデレラに限らず、恋愛小説はあまり読まないようにしていた。というのも、少しでも恋愛に意識を向けないためだ。

小説の影響で結婚への考え方が変わるのが怖かったから……。

「へぇ？　意外ね。マリッサが恋愛小説を読んでいる姿なんて、想像もつかないわ。それでシンデレラのどういうところが良かったの？」

「えっと、それは……」

軽い気持ちで次の質問を投げかければ、珍しくマリッサが言葉を詰まらせた。言い淀《よど》む彼女の姿に、コテンと首を傾げる。

どうしたのかしら？　別に答えづらい質問をしたつもりはないけど……。でも、本人が嫌がっているなら、深く追及しない方がよさそうね。別に無理に話す必要なんて、どこにもな……。

「────実は王子様がシンデレラを探しに来たシーンが凄く好きで……いつか私のところにも素敵な王子様が現れて、私を助けに来てくれるんじゃないかって思っていたんです。本当に馬鹿らしいですよね……？　そんな人、居る訳ないのに……」

そっと目を伏せるマリッサの表情は相変わらず無表情だが、海色の瞳には憂いが滲んでいる。

そんな彼女の姿に私は妙な既視感を感じていた。

『迎えに』じゃなくて、『助けに』か……。きっと他意はないんだろうけど、どこか含みのある言い方ね。

それにあの目……ちょっと前の私によく似ているわ。あれは全てに絶望し、何もかも諦めた目だから……。

美人で優秀なマリッサは私と違って、華々しい人生を送っているものかと思ったけど、どうやらその認識は間違っていたみたいね。

私は俯く彼女を見つめながら、しばらく黙り込むと『ふぅ……』と息を吐き出した。この場の雰囲気を明るくするように柔和な笑みを浮かべ、パタンと本を閉じる。

「まあ、そうよね。本に出てくるような素敵な男性が現実に居る訳ないもの。だからこそ、小説は面白いのだけど……でも、誰でも一度は憧れるものよね。白馬の王子様に」

私はマリッサが見せた心の闇には敢えて触れず、当たり障りのない言葉を並べた。己の失言や失態にまだ気づいていない様子のマリッサは『そうですね』と頷く。

本当は色々聞きたいところだけど、出会って間もない相手に悩みを打ち明けるのは抵抗があるでしょう。いくら私が主人とは言え、侍女のプライベートに踏み込むのはさすがに不味《まず》いわ……。優秀な侍女を手放す訳にはいかないし、ここは知らんふりをするのが妥当でしょう。

垣間見えたマリッサの闇に知らんふりを決め込んだ私は笑顔でソファから立ち上がった。

「それじゃあ、私はもう寝るわ。部屋の明かりは自分で消すから、もう下がって大丈夫よ。夜遅くまでありがとう、マリッサ」

◇◆◇◆

その翌日。

昨日に引き続き、ヴァネッサ皇后陛下から礼儀作法やマナーを学ぶため、私はレッスン室を訪れていた。

のだが……レッスン室の中には何故か大量のドレスが所狭しと並べられている。部屋の隅にはアクセサリーなどの小物も用意してあった。

び、ビックリした……。一瞬部屋を間違えたかと思ったわ。

ドレスも小物も一級品みたいだけど、誰かここでドレス選びでもするのかしら？　でも、一体誰が……って、そんなの――ヴァネッサ皇后陛下に決まっているか。皇城内でドレス選びが可能な人物なんて、皇族しか居ないものね。

ドレスのリスト表片手に、侍女にあれこれ指示を出すヴァネッサ皇后陛下を見つめ、『今日のレッスンは無理そうね』と結論付ける。

「マリッサ、ドレス選びのお邪魔みたいだし、私たちは部屋に戻りましょうか」

「……えっ？」

退室を促す私に、黒髪の美女は驚愕を露わにする。そんな彼女の反応に、私はキョトンと首を傾げた。

私、何か変なこと言ったかしら？　ヴァネッサ皇后陛下の邪魔にならないよう、出て行こうとしただけなのに……。別におかしいことじゃないわよね？

と困惑する私を他所に、ハッと正気に戻ったマリッサは慌てて口を開いた。

「カロリーナ様が部屋にお戻りになったら、ドレスが選べません！」

「え？　どうして？　ヴァネッサ皇后陛下がいらっしゃるのだから、問題ないでしょう？」

「えぇ……？　パーティー用のドレス、選ばなくてよろしいのですか？」

「何故、私が選ぶ必要があるの？」

不思議そうに首を傾げる私と珍しく慌てるマリッサ。微妙に噛み合わない会話に、私たちは互いに首を傾げるしかなかった。

マリッサは何故必死になって私を引き留めるのかしら？　私がここに残る必要はないと思うのだけれど……。まあ、詳しい話は後で聞くとしましょう。ここで騒ぐとヴァネッサ皇后陛下のお邪魔になってしまうかもしれないし。

「話は後で聞くから、今はとりあえず部屋に戻……」

「――――あら？　もう来ていたの？」

私の声を遮ったのは感情の起伏が窺えない平坦な声だった。私はその声の主をよく知っている。

少し長居し過ぎたみたいね。本当はヴァネッサ皇后陛下に気づかれる前に出て行こうと思ったけど、気づかれたのならしょうがない……。

私はドレスの裾を揺らして後ろを振り返ると、サッと素早くお辞儀した。

「ご機嫌麗しゅうございます、ヴァネッサ皇后陛下。気づいていたのに声もお掛けせず、申し訳ありません。ドレス選びに集中されているようだったので、静かに退室しようと思っておりました」

「ごきげんよう、カロリーナ。別に怒っていないから、気にしなくていいわ。それより、主役の貴方に退室されては困るわ。ドレスが選べなくなるじゃない。それとも、私が選んでいいのかしら？」

「主役、ですか……？　それはどういう……？」

マリッサと同じようなことを言うヴァネッサ皇后陛下は困惑する私に首を傾げる。彼女は感情が読めないポーカーフェイスで、じっと私を見つめたあと――――納得したように頷いた。

「あぁ、なるほど……カロリーナ、貴方もしかして――――ここにあるドレスは全て私用《わたしよう》だと思っていない？　私がここでパーティー用のドレスを選んでいると……そう思っているでしょう？」

「は、はい。その通りですが……」

ドレスのリスト表を持っているのはヴァネッサ皇后陛下だし、皇城に仕立て屋を呼べる女性もまたヴァネッサ皇后陛下だけ……。だから、ヴァネッサ皇后陛下のドレス選びをしているんだろうと思っていたのだけれど……違うのかしら？

オロオロする私を他所に、ヴァネッサ皇后陛下の言葉で何かを察したマリッサが『あっ』と声を漏らした。どうやら、マリッサはヴァネッサ皇后陛下の言わんとしていることが分かったらしい。

「カロリーナ様、この場にあるドレスは全てカロリーナ様用のドレスです！　ヴァネッサ皇后陛下のために用意されたものではありません！」

「……へっ？」

「つまりね、今回のドレス選びは私の為じゃなくて、カロリーナの為のものなの。だから、主役は貴方なのよ」

「えぇっ!?　そ、そんな……!?」

今回のドレス選びは私のためだったの!?　そんなの全然……というか、全く気づかなかったわ！　だって、マリッサが何も言ってくれなかったから……！

チラリとマリッサの方へ目を向ければ、彼女は『ヴァネッサ皇后陛下に口止めされていたんです』と口パクで答える。またしても、私はヴァネッサ皇后陛下の悪戯心に弄ばれたらしい。

見事悪戯に成功したヴァネッサ皇后陛下はクスリと笑みを漏らした。

「ふふふっ。ごめんなさいね？　まさか、私のドレス選びだと勘違いされるとは思わなくて……ほら、ドレスのサイズが私と全然違うでしょう？　だから、カロリーナ用のドレスだと直ぐに気づくと思っていたのよ」

「うっ……言われてみれば、身長の高いヴァネッサ皇后陛下に対してあのドレスは少々小さいですね……。申し訳ありません、そこまで気が回りませんでした」

「ふふっ。まあ、私がリスト表を持っていれば勘違いするのも無理ないわよね。とりあえず、はい、これ。ドレスや小物のリストよ」

「あ、ありがとうございます」

私は差し出されたリスト表を受け取り、人知れず溜め息をつく。

間抜けとしか言いようがない勘違いと早とちりに、私は内心項垂《うなだ》れるしかなかった。

はぁ……恥ずかしい。

自分用のドレスをヴァネッサ皇后陛下用のドレスと勘違いするだなんて……事前に知らせがなかったとは言え、これはあまりにも間抜けすぎる……。

穴があったら入りたいという心境はこんな感じかしら……？

なんて馬鹿なことを考えながら、私はリスト表に目を通す。そして、紙にびっしり書き込まれたドレスの多さに目を見開いた。

「に、二百着……!?　ドレスだけで!?」

そう大声をあげた私は部屋の中を改めて見回した。

やけにドレスの数が多いなぁとは思っていたけど、まさかそんなっ……！　二百着って……！

予想の三倍はあるわよ!?

「あ、あの……ヴァネッサ皇后陛下、つかぬことをお聞きしますが、このドレスの総額は一体いくらに……」

「あら、そんな詰まらないことは気にしなくていいのよ。それより、ドレスの試着を始めましょう？」

青髪の美女は私の質問をサラッと受け流すと、傍で控えていた侍女軍団に指示を飛ばす。そして、私はマリッサに連れられるまま試着室に放り込まれるのだった。

◇◆◇◆

それから、私は完全にヴァネッサ皇后陛下の着せ替え人形と化し、彼女が満足するまでドレスの試着を続けた。その結果……ドレス選びから解放されるまで五時間も掛かってしまった。今は昼の十二時過ぎである。

そして、現在――私はオーウェンと共に騎士団本部へと向かっていた。と言うのも、テオドール様たっての希望で、今後の講義場所も騎士団本部に変更されたためである。

はぁ……疲れた。ドレス選びにここまで時間を掛けたのは初めてだわ。いつも、適当に選んでいたから……。正直ドレスなんて、何でも良いのよね。周りから見て、変じゃなければ……。

なんて考えながら、私は騎士団本部へと繋がる渡り廊下を進む。疲労感から来る欠伸を噛み殺しながら、オーウェンの後ろを歩いていると――不意に彼が足を止めた。

まだ渡り廊下の途中なのにどうしたのかしら？

「オーウェン、何かあっ……」

辺りを警戒する彼に『何かあったの？』と聞こうとすれば、突然ダァン！　という銃声音がこの場に鳴り響いた。そして、驚く暇もなく、カンッと何かを弾くような音が耳を掠める。

私は恐る恐る床に視線を落とした。

銃弾と思《おぼ》しき物体と真新しい焦げ跡……。銃声の方向と銃弾の位置から察するに、狙われたのは恐らく――――私だ。

そこまで思考が回った時、私は恐怖で身を震わせた。

「あっ……ああっ！　わ、私……！　今、殺されかけて……！」

「落ち着け、お嬢。確かに狙われているのはアンタだが、俺が傍に居る限り絶対安全だ。ほら、周りを見てみろ。アンタの周りには結界があるだろ？　さっきの銃弾もこれで弾いたんだよ」

『絶対安全』という言葉を信じ、私は恐る恐る顔を上げる。私の目に真っ先に飛び込んできたのは半透明の壁だった。

私は好奇心に押されるように、その壁に触れてみる。

これが結界……？　半透明であることを除けば、普通の壁とあまり変わらなそうね。強度や効果はいまいち分からないけど、この中に居ればとりあえず大丈夫そう……。

「結界のチェックはそのくらいにしとけ。さっさと中に入るぞ」

「えっ？　でも、スナイパーは……？」

皇城の敷地内で銃を撃ったスナイパーを野放しにするの？　またいつ襲ってくるかも分からないのに……？　今のうちに捕まえておいた方が良いんじゃ……。

暗殺という恐怖から逃れたいあまり、冷静な判断が出来ない私に、オーウェンは心底呆れたように溜め息を零した。

「はぁ……アンタは馬鹿か？　敵の人数や明確な目的が分からない以上、護衛騎士である俺は護衛対象から離れられねぇ……。そりゃあ、俺だって喧嘩売ってきた奴らを今すぐ捕まえてやりたいさ。でも、俺の仕事はあくまで護衛だ。アンタの安全が保障されていない状況で、傍を離れる訳にはいかない」

そうキッパリ言い切ったオーウェンは手を閉じたり開いたりして、結界の大きさを調整すると、『ほら、行くぞ』と言って歩き出した。私は慌てて彼の背中を追いかける。

はぁ……私って、本当駄目ね。オーウェンが今、傍を離れたら私が危険な目に遭うのに……。そんなことにも気づけず、スナイパーの捕獲に行かせようとしていたなんて……。

もし、護衛騎士がオーウェンじゃなかったら……主人の指示に従うだけの能無しだったら、私は今頃死んでいたかもしれない。

「オーウェン、ありがとう。それから、ごめんなさい……」

「別にお礼も謝罪もいらねぇーよ。護衛として当然のことをしたまでだ。それに多分、今回の襲撃はアンタを殺すことが目的って言うより、アンタを傷つけることで発生する責任問題が目的だからな。どちらかと言えば、アンタは巻き込まれた方だ」

「巻き込まれた方……？　それって、どういう……？」

意味深な言葉を吐いたオーウェンは渡り廊下を渡り切ると、面倒臭そうにこちらを振り返る。そして、彼はどこか迷うように視線をさまよわせた後、ガシガシと頭を掻きながらこう答えた。

「団長たちに口止めされてるから詳しいことは言えねぇーが、簡単に言うと『派閥問題』だよ」

「派閥……問題？」

「ああ、そうだ。お貴族様大好物の派閥問題。この際だから言っておくが、俺はそのクソ面倒くせぇ派閥問題のせいでアンタの護衛騎士をやることになったんだ。じゃなきゃ、俺みたいな礼儀知らずが団長の嫁……じゃなくて、セレスティア王国の使者様の護衛に選ばれる訳ねぇーからな。言うならば、俺も派閥問題に巻き込まれた被害者って訳だ」

『本当いい迷惑だぜ』と吐き捨てるオーウェンは不機嫌そうに顔を顰める。が、私を見つめる目には同情や哀れみが込められていた。

私とオーウェンが派閥問題に巻き込まれた被害者……。そして、オーウェンが私の護衛騎士に選ばれたのは実力じゃなくて、そうせざるを得ない事情があったから……。全ての謎の答えは派閥問題が握っている……。

派閥問題、か……。完全に油断してたわ。セレスティア王国では二大勢力と呼ばれる王家とサンチェス公爵家の仲が良かったため、派閥問題なんて特に起きなかったから……。マルコシアス帝国の派閥問題に気を配ることが出来なかった……。

己の未熟さに溜め息を零していれば、オーウェンが何事もなかったかのように歩き出した。

「あっ！　ちょっ……！　待って、オーウェン！　まだ聞きたいことが……！」

「派閥問題に関する質問には答えられねぇーぞ。俺が教えられるのはここまでだ。あとは団長たちに聞いてくれ」

オーウェンは助けを求める私を突き放すように、冷たくそう言い放つ。これ以上、何を言っても無駄なのは明白だった。

派閥問題、今回の襲撃、護衛騎士の選定条件……全ては謎のままね。でも、一つ確かなのはエドワード皇子殿下が意図的に派閥問題を隠そうとしていること……。エドワード皇子殿下は何故、私に何も言ってくれないのだろう？

「……関係者なのに、私だけ蚊帳の外って訳ね……」

モヤモヤとした感情を吐き出すようにそう呟いた私は自嘲にも似た笑みを零した。

◇◆◇◆

それから、二度目の襲撃に遭うこともなく、第一会議室に辿り着くことが出来た私だったが、約束の時間はとっくに過ぎていた。

早く中に入らなければならないのに、私は扉をノックするでもなく、部屋の前で立ち尽くしている。

はぁ……駄目ね、気持ちがザワついて落ち着かないわ。こんな状態できちんと講義を受けられるかしら……？　いや、そもそも……エドワード皇子殿下の隠し事に加担していると思われるテオドール様と、どんな顔をして会えばいいの？

私は数え切れない不安から目を背けるように、白い扉からパッと目を逸らした。

「お嬢、いい加減中に入った方が良いぜ。時間に厳しい副団長に怒られちまう」

「え、ええ……そうね」

このまま、扉の前に居ても何も始まらない。まだ気持ちの整理が出来ていない状況だが、これ以上テオドール様を待たせる訳にはいかないだろう。

もしかしたら、時間になってもなかなか姿を現さない私を心配しているかもしれないし……。

『一旦、気持ちを切り替えましょう』と自分に言い聞かせ、私は緩く握った拳で扉をノックする
――筈だった。

何故か私がノックする前に扉は開かれ、私の緩く握った拳は扉ではなく、扉を開けた人物の胸に当たる。かなり鍛えられた胸筋は硬く、一瞬鉄か何かと勘違いしてしまった。

「――――カロリーナ！」

予想外の事態に頭がフリーズしていると、耳に馴染むバリトンボイスが焦ったように私の名前を呼んだ。その声の主に心当たりがある私は恐る恐る……本当に恐る恐る目の前の人物を見上げる。

燃えるような赤髪、神秘的な金色の瞳、キリっとした鋭い目つき、冷たい無表情……間違いなく、エドワード皇子殿下である。

あ、あれ!? 何故エドワード皇子殿下が第一会議室に!? 確かテオドール様は昨日『今回は』って言ってなかったかしら？ まさかとは思うけど、これからも持続的に私と一緒に講義を……？

って、そうじゃない！ 今はそんなことよりも重要なことが……！

私はエドワード皇子殿下の胸に当てられた自分の拳を見つめ、サァーっと青ざめる。ダラダラと流れる冷や汗が私の焦りを表していた。

わ、私さっきエドワード皇子殿下のことを殴って……!? いや、殴ったつもりはないのだけれど! でも、『触った』と言うには少し力が強かった気が……。私はただ扉をノックしようとしただけなのに!

「あ、あの! エドワード皇子殿下、これは殴った訳じゃなくて、ノックしようとしたら運悪く扉が開いてしまって……! だから、その……!」

「そんなことはどうでもいい! カロリーナが無事で本当に良かった!」

「わわっ!?」

私の弁解を『どうでもいい』の一言で片付けたエドワード皇子殿下は私の手をグイっと引っ張った。急なことで踏ん張ることが出来なかった私は小さな悲鳴を上げて、彼の胸に飛び込む。赤髪の美丈夫はそんな私を逞《たくま》しい腕でギュッと抱き締めた。

な、ななっ……!? 何でエドワード皇子殿下に抱き締められて……!?

この状況について行けず、困惑する私を置いて、エドワード皇子殿下は『はぁーーー』と息を吐き出した。

「……本当に無事で良かった。約束の時間を過ぎてもなかなか来ないから、何かあったのかと思った」

耳元で聞こえる声は低く……そして、優しかった。

心配してくれたのかしら……？　だとしたら、申し訳ないことをしたわ。悩んだりせず、早く扉をノックするべきだった……。

隠し事をするエドワード皇子殿下にモヤモヤしていた自分が馬鹿みたいだわ。だって、こんなにも優しいエドワード皇子殿下が理由もなく、私に秘密を作るとは思えないもの。きっと何か理由があるんだわ。

だから――――私は何も知らなくていい。彼が話してもいいと判断するまで待つだけでいいの。

「ご心配おかけして申し訳ありません、エドワード皇子殿下……。実は先程スナイパーによる襲撃に遭いまして……約束の時間に遅れてしまいました」

「なんだと!?　スナイパーの襲撃!?　おい！　テオ！　皇城の警備はどうなっている!?」

室内を振り返り、テオドール様を呼びつけるエドワード皇子殿下の大声に、各部屋から『何事だ!?』と騎士が飛び出してくる。が、抱き合っている私たちの姿を見るなり、直ぐさま部屋に引っ込んだ。

きっと彼らは空気を読んでくれたんだろうが、こうもあからさまに『お邪魔しました』感を出されると、恥ずかしい……。この抱擁に下心なんてないのに……。

「テオ！　カロリーナがスナイパーによる襲撃を受けたらしい！　直ちに容疑者を引っ捕らえて、極刑に……！」

「分かりましたから、一旦落ち着いてください。ここで騒ぐのは得策ではありません。とりあえず、中へどうぞ。詳しいお話は中で聞きます」

テオドール様は興奮状態のエドワード皇子殿下を前にしても一切取り乱すことなく、ピシャリと言い放つ。驚くほど冷静なテオドール様を見て、エドワード皇子殿下もだんだん頭が冷えてきたのか、スッと私から手を離した。

離れていく体温を寂しく思いながらも、赤髪の美丈夫を見上げる。

まだ抱き締めていてほしかったなんて言ったら、エドワード皇子殿下はどんな反応をするかしら？　まあ、そんな破廉恥な発言をするつもりはないけれど……。

「とりあえず、中へ入ろう」

「はい、エドワード皇子殿下」

扉の端に寄り、中へと促すエドワード皇子殿下に私はニッコリ笑って応じた。

◇◆◇◆

「────なるほど、皇城と騎士団本部を繋ぐ渡り廊下で襲撃が……」

「はい。オーウェンがスナイパーの気配を察知し、結界を張ってくれなければ最悪死んでいたかもしれません……」

先程あった襲撃事件について、包み隠さず全て話せば金髪の美男子は難しそうな顔つきで頷いた。

報告書でも作成しているのか、テオドール様は真っ白な紙にペンを走らせている。

死んでいたかもしれない、か……。改めて口にしてみると、重たい言葉ね。死の恐怖を体験したからこそ、分かる言葉の重み……。

「渡り廊下はどうしても守りが手薄になってしまいますから、そこを狙ったのでしょう。スナイパーとしても狙いやすかったでしょうし」

「渡り廊下の警備に人員を割けないのか？」

「正直難しいですね。今は建国記念パーティーの準備に団員を貸し出していますし……。渡り廊下の警備に人員を割くくらいなら、講義場所をカロリーナ様の自室に戻した方が良いでしょう。皇城内であれば、あの過激派も……いえ、暗殺者も手が出せないでしょうし」

　あの過激派って、もしかして、派閥問題と何か関係が……？　だとしたら、詮索しない方が良さそうね。

「とりあえず、暗殺者のことに関しては俺たち……じゃなくて、私たちの方で調べを進めるとして……講義場所はカロリーナの自室に戻した方が良いだろう。オーウェンが居れば大丈夫だと思うが、念には念を入れておくべきだ。カロリーナ、それで構わないか？」

「あ、はい！　私はそれで全然構いませんわ。ですが、テオドール様は……」

「私もそれで構いませんよ。そもそも、講義場所はカロリーナ様の自室でというお話でしたから。それを無理やり変更したのは私です。今回の襲撃だって、大本を辿れば私のせいですから。カロリーナ様を危険な目に遭わせてしまい、本当に申し訳ございませんでした」

　ガタっと音を立てて、席を立ったテオドール様はその場で深々と頭を下げた。サラサラの金髪がゆらりと揺れる。

「そ、そんなっ！　頭を上げてください！　テオドール様は忙しい身の上ですから、移動時間すらも惜しいと考えるのは当然のことです！　謝罪する必要はありませんわ！」

「そうはいきません。理由は何であれ、私の軽率な行動がカロリーナ様の身を危険に晒したのは明白な事実ですから」

「で、ですが……」

頭を下げたままピクリとも動かないテオドール様に、私は戸惑うばかり……。助けを求めるようにエドワード皇子殿下へアイコンタクトを送るが、彼はフルフルと首を横に振るだけだった。

これは恐らく……というか、確実に私が謝罪を受け入れ、罰を与えるまでテオドール様は決して頭を上げないだろう。誠実で真面目なテオドール様が中途半端な謝罪などする筈ないのだから……。

私は躊躇うように口の開閉を繰り返すが……最終的には彼の頑固さにこちらが折れる結果となった。

「分かりました……その謝罪を受け入れます。必ず私を襲ってきた犯人を捕まえてください。それが貴方へ与える罰です」

「畏まりました、カロリーナ様。貴方様を襲った犯人を必ず捕まえるとお約束しましょう」

金髪の美男子は一度姿勢を正すと、改めて臣下の礼を取る。どこまでも真面目なこの人は最後まで私情を挟むことはなかった。

『真面目過ぎるのも考えものね』と溜め息を零していれば、テオドール様が書類の山から一通の手紙を引っ張り出した。

「カロリーナ様、こちらを……。レイモンド公爵からの手紙です」

「そうですか、お父様から手紙が……って、お父様から!?」

何の脈絡もなく告げられた衝撃的な言葉に、私は大きく目を見開いた。動揺する私を置いて、テオドール様はニッコリ微笑む。

「ええ、先ほど届いたばかりの手紙です」

そう言って、テオドール様は私の方へ手紙を差し出した。

その手紙に施された封蠟は父が私的な手紙にのみ使うヒヤシンスの封蠟だった。宛名には私の名前がしっかり書いてある。

お父様が私に手紙を……それもヒヤシンスの封蠟で……。これは素直に嬉しい。

こっちでの生活が落ち着いたら、お父様に手紙を書こうと思っていたけど、先を越されちゃったわね。

久しぶりに見る父の文字に懐かしさを覚えながら、私はテオドール様から手紙を受け取った。

「僭越ながら、この手紙の検閲は私が行わせて頂きました。エドワード皇子殿下とカロリーナ様の結婚にまつわる話が書かれていたら、一大事ですので。レイモンド公爵に限って、そのようなミスをするとは思えませんが、念のため……。ご不快な思いをさせてしまったのなら、申し訳ございません」

「い、いえ！　気にしないでください！　むしろ、情報漏洩を未然に防いでくれたテオドール様の行為に感謝していますわ」

「感謝だなんて……勿体なきお言葉です」

謙虚な姿勢を貫く金髪の美男子はその場で一礼すると、ようやく席に着いた。

その傍で、私は父から届いた手紙をポケットの中にしまう。舞い上がる気持ちを抑え、『後でゆっくり読もう』と考える私だったが……情報管理を徹底しているテオドール様がそれを許す訳がなかった。

「カロリーナ様、申し訳ありませんが、その手紙は今この場で読んでください。読み終わった後は私の方でその手紙を管理します。建国記念パーティーで婚約と結婚の発表が終われば、お返ししますので」

「えっ？　それはどういう……？」

「その手紙には婚約や結婚に繋がる話こそ書いていませんが、グレーな表現や言い回しが多々あります。少なくとも、セレスティア王国の使者様に渡す手紙の内容ではありません。もし、それを誰かに見られたら少々厄介なことになります。なので、建国記念パーティーが終わるまでその手紙の管理は私にやらせてください」

少なくともセレスティア王国の使者様に渡す手紙の内容じゃない、か……。

どんな内容かは分からないが、彼がそう言うのなら、そうなんだろう。彼だって、やりたくてやっている訳じゃないだろうし……。

でも……それでも、お父様から頂いたせっかくのお手紙を誰かに預けるのは気が引ける……。

決断を躊躇うように視線をさまよわせれば、ずっと沈黙を守ってきた赤髪の美丈夫が口を開いた。

「テオ、手紙の管理をカロリーナに任せることは出来ないのか？　カロリーナだって、馬鹿じゃない。手紙の管理くらい出来る筈だ」

「残念ですが、それは許可出来ません。確かに彼女はしっかりしていますが、手紙の管理を任せるにはまだ未熟です」

「だ、だが……」

「何と言われようと、手紙の管理は私がやります」

エドワード皇子殿下の抗議の声をテオドール様はバッサリと切り捨てる。その切れ味は抜群だった。

確かにテオドール様の言う通りね。

私はまだまだ未熟な小娘で、手紙の管理を任せられるほど、しっかりした人間ではないわ。別に一生手紙を没収される訳ではないのだから、ここは私が我慢するべきだろう。これ以上駄々をこねるのはワガママというやつだ。

そう結論づけた私は抗議を続けるエドワード皇子殿下に向かって、緩く首を振る。

「エドワード皇子殿下、私なら大丈夫です。気にかけてくださり、ありがとうございました。そして、テオドール様、手紙の管理よろしくお願い致します」

「カロリーナ……」

「畏まりました。手紙の管理は私にお任せください」

その場で優雅に一礼する金髪の美男子を横目に、赤髪の美丈夫は『本当にそれでいいのか？』と視線だけで問うてくる。私はそれにコクリと頷いた。

だって、私のせいで手紙が紛失したら大変だもの……。それに手紙を処分すると言われなかっただけ、まだマシだわ。管理委託で妥協してくれたテオドール様には感謝しかない。

私はこちらをじっと見つめる黄金の瞳に微笑みかけると、そっと手紙を開いた。

「それでは恐れ入りますが、手紙を拝読するお時間を頂きますね」

◇◆◇◆

我が愛する娘　カロリーナ・サンチェスへ
帝国での生活にはもう慣れたか？　何か不便はないだろうか？

私はお前がセレスティア王国を去ってから、気が気じゃない。

きちんとご飯を食べているか、体を壊していないか、知らない人ばかりの環境で疲れていないかなど、気づいたらカロリーナの心配ばかりしている。

そっちでの生活が落ち着いたら、近況を報告してほしい。

さて、話は変わるが、セレスティア王国では最近良くないことばかり起きている。そのことをお前に報告すべきか迷ったが、黙っていてもいずれ知ることになるだろう。

だから、私の方から報告させてもらう。

まず――――作物の成長スピードが急激に落ちた。

◇◆◇◆

頬を撫でる春風、室内を照らす日の光、金と銀で彩られた部屋。

王城で最も日当たりがいい部屋と言われるこの部屋は、セレスティア王国現国王陛下ネイサン・フィリップスの執務室となっている。

太陽の光に反射する金と銀の壁紙は美しく、幻想的だと言われているが、執務中は邪魔でしかない。

そんな部屋の中で、城の主たるネイサン国王陛下は頭を抱えていた。

「これはどういうことだい？　作物の成長スピードが格段に落ちているじゃないか！　中には枯れている作物もある。次期聖女であるフローラ嬢の力で、ここは豊かな土地になったんじゃないのか？」

「ええ、その筈ですが……作物の成長スピードが落ちているのは紛れもない事実です。特にこの土地の気候や土に合わない作物の成長スピードが衰えています。枯れている作物についてはトマトやレタスなどの特に手入れが大変な作物が挙げられます」

各地の農民から上がった報告に目を通しながら、主君にそう告げれば彼は更に頭を抱え込んだ。

原因不明の成長スピード低下と枯れた作物……。

普通に考えれば次期聖女――――フローラの力が弱まったと考えられるが、その力が弱まった原因が分からない……。最近変わったことと言えば、カロリーナが家を出て行ったことだが、フローラがそれを気にするとは思えなかった。

フローラには卒業旅行ついでに婚約者候補の家を回っているため、カロリーナはしばらく屋敷に居ないと伝えてある。フローラももういい歳だし、妹が家に居ないくらいで落ち込んだりはしないだろう。

となると、やはり……近づいてきた聖女試験に緊張しているのか？　あの子はいつも自信満々で『私に失敗など有り得ない』と豪語しているが、本当は不安でいっぱいなのかもしれない……。

隠し事が得意な長女に探りを入れるべきかと思い悩む私だったが、主君の声で意識が現実に引き戻される。

「なっ!?　魔物の被害がこの短期間で十件だって!?　近年は聖女の加護により、魔物の被害が減少しているんじゃなかったのかい!?」

「原因は分かりませんが、国境付近で魔物の被害が日を追うごとに増えているのは事実です。今は王国騎士団を応援に向かわせて、何とかなっていますが、この状況が続くようなら討伐隊や特殊部隊を設立する必要があります。王国騎士団をいつまでも城の外に置いておく訳にはいきませんから」

魔物の被害報告に、プラチナブロンドの美青年は嘆く。

やっとマルコシアス帝国の問題が片付いたかと思えば、これである。

作物問題も深刻だが、魔物問題はもっと深刻だ。

作物はまだ成長スピードが落ちたものが大半のため、貿易に多少支障は出るが、ある程度対応出来る。だが、魔物問題はそう簡単にはいかない……。

討伐隊や特殊部隊の設立。防壁の強化。辺境の住民移動。武器の調達とメンテナンス費用の確保などなど、多くの手間と費用が掛かるのだ。

このままいけば、国家予算を圧迫することになるだろうな……。ただでさえ、忙しいのにこんな大問題が勃発するだなんて……正直、頭を抱えたいのは私の方である。

――――だが、問題はこれだけではなかった。

「はぁ……もういいよ。いらないよ。作物問題と魔物問題だけでお腹いっぱいだよ……」

「陛下、書類《現実》から目を背けないでください」

「うぅ……私は今日限りで国王を辞任し……」

「陛下、きちんと書類《現実》と向き合ってください」

「いや、だってさ……」

「へ、い、か！」

「ああ、もう！　分かったよ！　向き合うよ！　向き合えば良いんだろう!?」

半ばヤケクソになりながらも、書類《現実》と向き合った陛下はワナワナ震えながら、文面に目を通す。

その表情は険しく……そして、どこか泣きそうだった。

「――――疫病問題って、何だい!?　私にどれだけ追い討ちを掛ければ、気が済むんだい!?　今すぐ隠居させておくれ！」

「王太子殿下にこの案件を丸投げするおつもりですか？　国が一気に破綻しますよ。あの方はまだ右も左も分からない状態ですから」

「うぅ……疫病問題の詳細について聞かせておくれ」

逃げ道はないと察したのか、陛下は諦めたように項垂れた。机に突っ伏す美青年を見下ろしながら、私は報告書に視線を落とす。

「今回発生した疫病はつい先日発覚したもので、原因や治療法については未だ不明です。ただ何の前触れもなく、突発的に巻き起こった病気だと……。周辺国で疫病が流行っている話は聞きませんし、十中八九セレスティア王国内で発生したものと思われます。被害地域は貧困が激しい場所に集中しているため、私は水や空気の汚染が原因だと考えています」

「水や空気の汚染、ねぇ……」

意味ありげに呟くネイサン国王陛下はクルクルとペンを回しながら、精神統一を図る。インクが飛び散る危険性があるため、ペン回しは正直やめてほしいが、今はそんなことが言える雰囲気ではなかった。

沈黙を守っている間に、書類にペンのインクが飛び散る。

嗚呼、大事な書類が……。

その予算提案書は陛下がサインしたあと、部下に渡さないといけないのに……。報告関連の書類ならまだしも、何でわざわざ予算提案書にインクを……。

と一人心の中で嘆く私を置いて、ペン回しをしていた陛下がピタッと動きを止める。

「よし、まずは被害地域の水源調査をしよう。作物問題と魔物問題については経過を見ながら、また考える。疫病問題解決が最優先だ」

「畏まりました。直ぐに調査団を派遣致します」

敬愛すべき主君の決定に、私は恭しく頭《こうべ》を垂れた。

◇◆◇◆

という訳で、こちらは今様々な問題に直面している。

その内、各国にセレスティア王国の内情は伝わるだろうが、カロリーナには私の方から正しい情報を伝えたくてな。

だが、心配しないでくれ。

私は今のところ元気にやっている。私用の手紙を書けるくらいには、な。

この手紙に対する返事はいらないから、今度お前の近況を聞かせてくれると嬉しい。体には十分気を付けて過ごしてくれ。

レイモンド・サンチェスより
追伸　帝国の建国記念パーティーにネイサン国王陛下の付き添いで私も参加することになった。

その時、また会おう。

◇◆◇◆

手紙の内容はセレスティア王国の内情に関する記述がほとんどで、正直報告書を見ている気分だった。

私情一切なしの事実だけ述べた文章、か……。

お父様らしいと言えば、らしいが……娘の手紙にこれはどうなんだろう？　まあ、最初と最後に私を気遣う文章があっただけ、マシね。

私は父の不器用な文章に苦笑しながら、開いた手紙を再び閉じる。セレスティア王国の問題解決に奔走する父を思い浮かべながら、閉じた手紙を封筒の中に戻した。

お父様は今頃書類漬けの日々を送っていることでしょうね……。きちんと食事や睡眠を取っていると良いけど……。

建国記念パーティーで再会した時お父様の顔が窶《やつ》れていたら、どうしましょう？

父のげっそりとした顔を思い浮かべながら、私は読み終わった手紙をテオドール様に差し出した。

「読み終わりました。手紙の管理、改めてよろしくお願いします」

「はい、確かに受け取りました。管理はお任せください」

丁寧に両手で手紙を受け取ったテオドール様は何故か何もない空中をコンコンと叩く。そこには何もない筈なのに、まるで壁を叩いたような音がした。

え？　あれ？　何で音が……。もしかして、透明な壁があるとか……？　でも、何で？　そこに透明な壁を設置する意味は何……？

　意味が分からず混乱する私を置いて、テオドール様の叩いた空中が——突然歪んだ。

「え、えぇ!?　な、なんっ……!?」

　何で空中が歪んでいるの!?　それも一ヵ所だけ！　まるで空間そのものが歪んだみたいに……って、ん？　空間が歪む……？　それって、もしかして……。

「——亜空間収納ですか!?」

「おや？　ご存じでしたか」

　感心したように片眉を上げる金髪の美男子に、私は勢いよく頷いた。

「はい！　空間魔法使いのみが使える収納魔法ですよね！　空間を歪めて自分だけの亜空間を作り出し、そこで物を保管するっていう！　その中に保管されている物は空間を作り出した張本人じゃないと、干渉出来ないと聞きました！」

　以前アカデミーで習った夢物語のような話を私は得意げに披露する。初めて見る亜空間収納に、私は興奮が抑え切れなかった。

　空間魔法の使い手は極端に数が少ないため、亜空間収納なんて存在しないだろうと思っていたが、まさか本当に存在するだなんて……！　その中で手紙を保管してもらえるなら、安心だわ！　誰かに盗まれたり、破かれたりする心配がないんだもの！

「カロリーナ様の言う通り、これは亜空間収納です。収納スペースの広さについては術者の魔力量と質が大きく関わって来ます。私の場合、港にある倉庫二つ分くらいのスペースですね。ちなみに亜空間の中に生き物は入れませんので、この中に顔を突っ込んだりしないでくださいね。亜空間に酸素はありませんので、数分で窒息死します」

　実に生き生きとした表情で亜空間の危険性を語るテオドール様は上機嫌だった。何故、そんなにも楽しそうなのかは聞かないでおこう。世の中知らない方が幸せなこともある。

「とりあえず、この手紙は亜空間収納で保管させて頂きます。紛失や破損の心配はありませんので、ご安心ください」

　金髪の美男子はメガネを押し上げながらそう言うと、手紙を亜空間収納の中へと仕舞った。とりあえず、これで一安心である。

　テオドール様は手紙が歪んだ空間《亜空間》に吸い込まれていったのを確認し、パチンと指を鳴らして亜空間を閉じた。歪んでいた空間が嘘のように元通りになる。

「さて、手紙の管理委託が終わったところで……どうします？　本日分の講義受けて行かれますか？　それとも、今日は講義をお休みにしましょうか？」

　掛け時計にチラッと視線を向けたテオドール様は私に二つの選択肢を与えてきた。口にこそ出していないが、先程の襲撃事件を気にしているらしい。

　正直、まだ襲撃事件で味わった恐怖が残っている……。別のことを考えていないと、体が震えるくらいには……。だって、こうやって直接命を狙われたのは初めてなんだもの……。命を狙われる恐怖を直ぐに克服出来るほど、私は強くないわ。

　私はついさっき感じた死の恐怖に耐えるように、ギュッと左腕を掴む。体の震えは私の心情を分かりやすく表していた。

「今日はもう休んだ方がいい。あんなことが起きた後なんだ、無理して講義を受ける必要はない」

「エドワード皇子殿下の言う通りです。私も今日は休んだ方がいいと思います。帝国史や魔法学の勉強はマルコシアス帝国で生きていくために必要なものであって、建国記念パーティーや結婚式で必要なものではありませんから。講義を一回休んだところで問題はありませんよ」

麗しい殿方二人はそう言って、私に帰るよう促す。私がまだ襲撃事件やスナイパーに怯えているのは丸分かりみたいだ。

情けないわね……。皇族になれば嫌でも危険が増えるって、理解していた筈なのに……たった一度の襲撃で恐怖心に苛《さいな》まれるなんて……本当に情けない。

これは心構えが足りなかった私の落ち度よ。もっと、しっかりしなくちゃ……。

そう頭では分かっているのに、体は嫌になるほど正直で……震えが止まらなかった。

「わ、たしは……」

「大丈夫だ。無理しなくていい。怯えや恐怖を我慢する必要はないんだ」

「っ……！」

エドワード皇子殿下の優しい言葉が私の胸の中で溶けていく……。

『私は大丈夫です』と言いたいのに、襲撃事件で感じた恐怖が今になってぶり返し、その言葉を口にすることは出来なかった。

嗚呼、私は――――あまりにも脆《もろ》すぎる。

「とりあえず、転移魔法で自室まで送ります。あの渡り廊下を再び渡るのはお辛いでしょうから。座標計算が終わるまで少々お待ちください」

テオドール様はそう言うと、私の返事を待たずに紙にペンを走らせる。

転移魔法には綿密な計算と複雑な術式が組み込まれた魔法陣が必要なため、その準備に取り掛かっているのだろう。

かなり手間が多い上、魔力の消費量も馬鹿にならないため、国王の送迎くらいにしか使われないが……。

転移魔法での送迎だなんて恐れ多いけど、今あの渡り廊下を通るのは正直厳しいから、助かったわ。今はテオドール様の厚意に甘えておきましょう。

そう結論付けた私は紙とペンが擦れる音を聞き流しながら、震える体をギュッと抱き締めるのだった。

第四章

――それから、あっという間に時は過ぎ去り、襲撃事件への恐怖心が薄まった頃……ついに建国記念パーティー当日がやってきた。

自室で身支度を整える私はヴァネッサ皇后陛下と共に選んだパーティー用のドレスに袖を通す。光沢が美しいシルク製の淡い青のドレスに、剝き出しにした肩を覆うレースの羽織。胸元で輝くムーンストーンの首飾りとピアス。

髪型はハーフアップにし、ヒヤシンスの髪飾りを添えた。

上品さと清潔さが窺えるコーデである。

「カロリーナ様、メイクをしますのでこちらへどうぞ」

「ええ」

マリッサに促されるまま、私は化粧台の前に腰掛けた。メイク道具片手に私の顔を覗《のぞ》き込んでくるマリッサを一瞥《いちべつ》し、私はそっと目を閉じる。刹那、頰にスポンジのような柔らかい何かが触れた。

そう言えば、マリッサは今日のパーティーに参加するのかしら？　今朝からずっと私の準備を手伝ってくれていたけど……。

「マリッサ、貴方は今日のパーティーに参加するの？」

「招待客として参加するつもりはありません。今日はカロリーナ様の侍女として裏方に回る予定です」

「あら、そうなの？　残念ね……貴方のドレス姿が見られると思ったのに」

そう言って口先を尖《とが》らせれば、ピトッと唇に何かが触れる。『もう口紅の時間なのか』と思いながら、口の動きを止めれば触れた『何か』が唇を鮮やかに彩った。

「はい、完成です。もう目を開けても大丈夫ですよ」

さすがはマリッサと言うべきか、ものの数分で化粧を終わらせてしまった。

私はマリッサの声に導かれるまま、恐る恐る目を開ける。

化粧台の大きな鏡には濃灰色の髪色をした美しい女性が映っていた。『ルビーのようだ』と褒められた赤い瞳はメイクのおかげでより際立って見える。

これは……まるで別人ね。地味な顔が化粧によって、良い意味で派手になった気がするわ。ドレスにも合っているし、ただ濃いだけの化粧じゃないことが分かる。

私は別人のように美しくなった自分に、鏡越しに触れた。

「凄いわ……マリッサの化粧の腕はプロ並みね。前々から凄いとは思っていたけど、今回は想像以上だわ。これなら、エドワード皇子殿下の隣に立っても見劣りしないもの」

「カロリーナ様の元が良かったおかげです。私はそれに少し手を加えただけですわ」

「あら、謙遜しなくていいのよ？　貴方の化粧の腕は本当に素晴らしいもの」

「恐れ入ります」

あくまで謙虚な姿勢を貫き通すマリッサには好感が持てるが、お世辞を言われるのは心苦しかった。

侍女のマリッサは『はい、私が貴方の地味な顔を華やかにしました』なんて言えないものね。なんだか、無理やりお世辞を言わせているみたいで申し訳ないわ。

テキパキとメイク道具の片付けをするマリッサを眺めながら、苦笑を漏らしていると――不意に部屋の扉がノックされる。

「どうぞ」

「失礼する」

「失礼します」

扉の向こうから聞き慣れた声が聞こえたかと思えば、二人の美青年が現れた。その二人の美青年とは、言うまでもなくエドワード皇子殿下とテオドール様である。

帝国の人間として、恥じない格好をするお二人は普段の二倍……いや、三倍は輝いて見えた。

肩まである金髪を編み込みにしたテオドール様は瞳の色と同じペリドットの宝石を身に着け、貴族らしさを演出している。洋服は残念ながら地味な茶色だが、主人より目立たないという臣下のルールに則った結果だろう。何とも真面目なテオドール様らしいファッションである。

対するエドワード皇子殿下は黒・金・赤の三色で作られた派手な正装に身を包み、その上からマントを羽織っていた。アクセサリーはピアスだけで、小ぶりなパイロープガーネットが彼の耳で輝いている。

普段は団服や鎧姿が多いため、彼らの正装姿は余計目を引いた。

「美しいな」

「磨けば光るとはまさに彼女のことですね」

二人の麗しい姿に見惚れていれば、こちらをじっと見つめていたエドワード皇子殿下とテオドール様が口々にそう呟く。

エドワード皇子殿下のストレートな褒め言葉には見事赤面させられた。

彼の言葉は嘘がない分、タチが悪いのよね……。しかも、不意打ちだし……。

「お、お褒めの言葉ありがとうございます。エドワード皇子殿下とテオドール様もよく似合ってらっしゃいます。いつにも増して、お美しいです」

「ああ、ありがとう。でも、カロリーナの方がよく似合っているし、とても美しい。私などでは足元にも及ばない」

そう言って、エドワード皇子殿下は私の手を取り、その場に膝をついた。

下から私の顔を覗き込むようにじっと見つめてくる。表情こそ無表情だが、そのゴールデンジルコンの瞳は甘く……そして、狂おしいほどの熱を孕《はら》んでいた。

――ドキリと胸が嫌な音を立てる。

狡い……そんな目で私を見てくるなんて、狡すぎるわ。政略結婚だと分かっている筈なのに……ときめいてしまう。

エドワード皇子殿下と私の視線が絡み合う中、『オホンッ！』とテオドール様がわざとらしく咳払いをした。

「もうそろそろ、入場の時間です。パーティー会場へ向かいましょう」

「え？　あっ、はい！　わ、分かりました！」

すっかり二人きりの世界に溶け込んでいた私は弾かれたようにエドワード皇子殿下から手を離す。

バクバクと激しく鳴る心臓の音が私の羞恥心を体現していた。

嗚呼、もうっ！　私ったら、テオドール様の前で一体何を……って、そうじゃない！　テオドール様の前じゃなくても、あんな甘い雰囲気になるのは駄目よ！

カァッと赤面して自分の世界に入ってしまったカロリーナを他所に、赤髪の美丈夫はゆっくりと立ち上がる。

「テオ、カロリーナを独り占めするにはどうしたら良いと思う？　出来れば、あの美しい姿を誰にも見せたくないんだが……。やはり、今日のパーティーは欠席させ……」

「ません！　戯れ言はそこら辺にして、行きますよ！　入場予定時間に遅れてしまいます！」

エドワード皇子殿下の無茶ぶりを一瞬で切り捨てた金髪の美男子は般若《はんにゃ》の形相で、扉を指さす。

『早く行け！』とばかりに赤髪の美丈夫を睨み付ける彼の鋭い目はもはや、刃物だった。

その側近の睨みに屈したエドワード皇子殿下は渋々頷いた。

この二人のやり取りにカロリーナが気づくことはなかった。

◇◆◇◆

赤く染まった頬が元に戻った頃、私はエドワード皇子殿下と一緒にパーティー会場の前まで来ていた。観音開きの大きな扉が私たちの入場を今か今かと待ち構えている。

本番はもう直ぐそこまで差し迫っていた。

「――エドワード・ルビー・マルティネス第二皇子殿下とカロリーナ・サンチェス公爵令嬢様のご入場です！」

ドクドクと激しく鳴る心臓を置いて、脇にはけていた衛兵が声高らかにそう叫ぶ。その言葉を合図に、目の前の扉が開け放たれた。

――さあ、いよいよ本番よ。

ヴァネッサ皇后陛下とのレッスンで培った練習の成果を見せる時が来たわ。

扉の向こうにはパーティー会場を埋め尽くすほどの貴族や王族が立ち並び、品定めするようにこちらをじっと見つめている。あまりの視線の多さに尻込みしてしまう自分が居た。が、それでも何とか自分を奮い立たせる。

ここで怖気づいては駄目。

堂々と胸を張って、エドワード皇子殿下の隣を歩くの。私は今、この美しいドレスとマリッサの化粧のおかげで綺麗になったのだから。何も恐れることはないわ。

私はそう自分に言い聞かせ、笑顔という名の仮面を被った。

社交界では誰もが笑顔の仮面を被り、互いに探りを入れ、化かし合う。仮面を被らぬ愚か者など、卑しい狐の餌食にしかならないからだ。

口元に笑みを携えた私はエドワード皇子殿下と共にパーティー会場へ足を踏み入れた。

「まあ！　あのエドワード皇子殿下が誰かをエスコートするだなんて！」

「お相手はセレスティア王国の貴族よね？」

「確かサンチェス公爵家って、フローラ嬢の居るあの家だろ？」

「カロリーナって、確か妹の方だったよな？　あんなに可愛かったか？」

「氷上に咲く一輪の花って感じで美しいな。俺は好みだ」

「でも、何でエドワード皇子殿下とカロリーナ様が一緒に入場を……？」

「「さあ？」」

私たちが通るための道を開けた貴族や王族の面々がヒソヒソと小声で私たちの話をする。噂好きの貴族たちは特に盛り上がっていた。

まあ、事情を知らない人たちからすれば、この組み合わせは謎よね。

でも……勘のいい王族たちは私たちの関係性について気づいている方も居るわね。国政や各国の政治事情に詳しい分、察しもいい。

「察しのいい奴が何人か居るようだな」

「そのようですね」

小声で会話を交わす私たちは表情を崩さないよう気を付けながら、用意された道を進む。会場中の注目を集めながら、私たちはゴールである玉座の前まで辿り着いた。私たちは空席の玉座に向かって一礼し、脇へはける。

ここまでが入場の正しい流れだった。

ふぅ……ここまでは順調ね。打ち合わせ通り進んでいるわ。礼儀作法やマナーに関しても、特に問題はなさそうだし。

とりあえず、第一関門突破ね。

——と、安堵するのも束の間だった。

「エドワード皇子殿下、お久しぶりです。そして、カロリーナ様、初めまして。アイリス・シモンズがエドワード皇子殿下とカロリーナ様にご挨拶申し上げます」

「ルーナ・ブラウンがお二人にご挨拶申し上げます」

「エマ・バトラーがお二人にご挨拶申し上げます」

休憩する暇もなく、噂好きの令嬢たちが私たちの元へ押し寄せてきた。彼女たちは礼儀作法やマナーこそ守っているものの、私たちの関係性に興味津々なのは隠し切れていない。

こういう噂好きの令嬢はタチが悪いのよね……。自分たちの求める回答じゃなければ、話を面白おかしく改変し、周りに話す傾向があるのよ……。

まあ、どうせ今日中に私たちの関係性は分かるだろうし、話を面白おかしく改変することは出来ないだろうけど。

私は好奇心の塊とも言える令嬢たちを前に、僅かに笑みを深めた。

「アイリス様にルーナ様、それからエマ様ですね。改めまして、カロリーナ・サンチェスと申します。良ければ、これから仲良くしてくださいね」

「ええ、勿論ですわ！」

「こちらこそ、よろしくお願いします！」

「カロリーナ様とお友達になれて、光栄ですわ！」

キャキャッとはしゃぐ令嬢たちは実に無邪気だが、その好奇心に冒された目はギラギラしていた。

これは私たちの関係性について、いつ聞き出そうかタイミングを見計らっているところね。まあ、聞かれたとしても話すつもりはないけれど……。

それに――――さっきから、この子たちとエドワード皇子殿下が一切会話していないのが気になるわ。この令嬢たちは一応エドワード皇子殿下に挨拶はしたみたいだけど、それ以降彼に話し掛ける素振りはない。それどころか、エドワード皇子殿下を空気みたいに扱う始末。皇族に対して、この態度はどうなんだろうか？

「カロリーナ様はとてもお美しいですね！　お肌も綺麗で羨ましいですわ！」

「そのドレスも凄くお似合いです！」

「この宝石はムーンストーンですか？　装飾や細工が細やかで、実に素晴らしいです！　カロリーナ様はどこのお店をご贔屓《ひいき》に？」

ペラペラと良く回る口で、私のことをこれでもかってくらい褒めちぎる令嬢たち。突然始まったよいしょ合戦に、私は内心呆れ果てていた。

私が気を良くしたところで、エドワード皇子殿下との関係性について聞き出すつもりなんだろうけど……これはあまりにもあからさま過ぎる。ここまで魂胆が見え見えだと、いっそ清々《すがすが》しいわね。

「うふふっ。お褒めの言葉、ありがとうございます。皆さんも可愛らしい小鳥のようで大変愛らしいですわ」

「まあっ！　小鳥だなんて……！」

「カロリーナ様こそ、小鳥のようにお美しいですわ！」

『おほほほほっ』と上品な笑い声を上げながら、会話に花を咲かせる私たちは傍《はた》から見れば、仲のいい令嬢同士に見えるだろう。

だが――私はこの方たちと仲良しこよしするつもりは一切なかった。

「あら、私なんて小鳥の美しさに比べればまだまだですわ。だって――小鳥のように美しい鳴き声は出せませんもの。ですから、皆さんの美しい声がとても羨ましいんです。小鳥の囀りのように美しく……そして、賑やかで」

「「「なっ……!?」」」

『小鳥のようにピーピー喚いてうるさい』と遠回しに言えば、令嬢たちは怒りと羞恥心で顔が真っ赤になる。そして、彼女たちの魂胆が見え見えだったこともあり、どこからともなく失笑が零れた。その笑いは徐々に伝染していき、私たちの周囲は多くの人の笑い声で包まれる。

見事に大恥をかかされた小鳥たちは怒りと屈辱で体を震わせながら、私をキッと睨み付けた。

「わ、私たちはこれで失礼しますわ！」

「貴重なお時間を頂き、ありがとうございました！」

「それでは、ごきげんよう！」

早口で捲し立てるように挨拶を口にした小鳥たちは早々にこの場を立ち去る。私を睨み付ける目は何か言いたげだったが、ここで騒ぎを起こすのはさすがに不味いと思ったのだろう。

私は遠ざかっていく小鳥たちの背中を見送り、『ふぅ……』と息を吐き出した。

どのパーティーにも、ああいう人たちは居るのね……。

まあ、でも今回は相手の方が直ぐに折れてくれて助かったわ。しつこい人は本当にしつこいから……。

「カロリーナ、やるな」

「恐れ入ります」

騒がしい小鳥たちを見事追い払えば、今まで沈黙を守ってきたエドワード皇子殿下が称賛の言葉を口にする。少し照れ臭いが、彼からの称賛は素直に受け取っておいた。

それからも他の参加者から挨拶や探りがあったものの、先程の令嬢たちのようにはなりたくないのか、みんな適当に会話を切り上げて私たちの元を去っていった。そのおかげでパーティーが始まる前にゆっくり休める時間が取れている。

と言っても、私たちが注目の的であることは変わりないが……。

これはまだまだ気を抜けないわね……。

ここでヴァネッサ皇后陛下やエリック皇帝陛下が入場してくれれば、周りの注目を分散させることが出来るのだけど……。まだ帝国の第一皇子も入場していない状態なのよね。パーティー開始時刻までもうあと十五分しかないと言うのに……。

何かトラブルでもあったのかしら？

と不安になる私だったが、それは杞憂《きゆう》に終わった。

「――ギルバート・ルビー・マルティネス第一皇子殿下のご入場です！」

衛兵がそう叫んだ瞬間、会場中の視線が扉に集まった。もう私たちのことなんて、眼中にないみたいだ。

――ギルバート・ルビー・マルティネス。

マルコシアス帝国の第一皇子であり、エドワード皇子殿下の実の兄でもある。体が弱いとかで社交界にはなかなか顔を出さないが、噂によれば童話の王子様みたいに格好良いらしい。

期待に胸を膨らませる私は……いや、会場に居る全ての人々はただ一点だけを見つめる。会場中の視線を独り占めする中、観音開きの扉がゆっくりと開いた。

躊躇いがちに開かれた扉の向こうには、見目麗しい美青年が佇んでいる。

後ろで緩く結い上げられたパステルブルーの長髪、神々しい光を放つ黄金の瞳、雪のように真っ白な肌……そのどれもが美しく、芸術的だ。また、『美』という『美』を詰め込んだ美しい顔立ちはどこか人間離れしていて、神々しかった。

柔らかな表情を浮かべて、パーティー会場へと足を踏み入れたギルバート皇子殿下は童話に出てくる白馬の王子様のようだった。

「なんと言うか……凄く美しい方ですね」

「兄上の外見は母親似だからな。中身は父親そっくりだが……」

「なるほど。それなら、さぞおモテになるでしょうね」

ヴァネッサ皇后陛下の美しい外見とエリック皇帝陛下の穏やかな性格を受け継いだなら、令嬢たちが放っておく訳ないだろう。実際何人かのご令嬢がギルバート皇子殿下に熱い視線を送っているし……。これは後で乙女たちの乙女たちによるアタック合戦が始まりそうだ。

「……カロリーナは兄上のような人がタイプなのか？」

「……えっ？」

まさに不意打ちと呼ぶべき、唐突な質問に私の脳は一瞬フリーズする。

ん？　えっ!?　好きなタイプ!?　私、今エドワード皇子殿下に好きなタイプを聞かれているの!?

一体、何故!?

質問の意図が分からず困惑していると、どこか寂しげな黄金の瞳と目が合った。

「他の令嬢たちはみんな不愛想な私より、兄上の方が良いと言う……。優しく、穏やかで童話の王子様みたいな兄上の方が……みんな好きなんだ。だから、カロリーナもそうなんじゃないかと思って……。私は――――カロリーナのタイプじゃないのか？」

表情はポーカーフェイスのままなのに、その寂しげな目が……切なげな声が……私の胸をギュッと締め付けた。今のエドワード皇子殿下はまるで……少し前の私みたいだ。

私の場合は姉だけど、兄弟と比べられて生きてきたのはきっと――エドワード皇子殿下も一緒。だから、こんなにも胸が苦しいんだわ……彼の気持ちが痛いほど、よく分かるから。

私はサンチェス公爵家とセレスティア王国を出てきたおかげで、姉の呪縛から少しずつ解放されている。でも、エドワード皇子殿下はまだ……いや、これから一生その苦しさに耐えなければならない。

そう思うと、やるせない気持ちでいっぱいになった。

「……正直言うと、私は自分の好きなタイプがどんな人なのか分かりません。恋愛だってしたことありませんし、しようとも思いませんでしたわ。でも、一つ確かなのは――私がギルバート皇子殿下を見ても恋に落ちなかったことです」

「！」

「確かに彼は魅力的な男性ですが、私の心を射止めることは出来なかったみたいです。それに私は――いつも優しくて、頼りになるエドワード皇子殿下の方がずっと魅力的だと思いますわ」

私はそう言い切ると、赤髪の美丈夫に向かってニッコリ微笑む。作り物でも偽りでもない、心から来る笑みにエドワード皇子殿下は僅かに目を見開いた。

今、エドワード皇子殿下に話したことは全て私の本音だ。彼を慰めるためについた嘘ではない。

だって――嘘を吐かなくても、彼を元気づけるための言葉は私の本音の中にたくさんあるから。

「……カロリーナは変わった奴だな」

フッと笑みを漏らした赤髪の美丈夫は口元に弧を描いた。

普段はポーカーフェイスばかりで、大人っぽい印象を持っていたが、笑うと途端に幼く見える。

久々に見るエドワード皇子殿下の笑顔はやはり、どんな宝石よりも美しかった。

変わった奴、か……。きっと褒め言葉として言ったんでしょうけど、他の令嬢にそんなことを言ったら一発で嫌われてしまうわね。まあ、私はそういう不器用なところ嫌いじゃないけれど。

「ふふっ。変わった女はお嫌いですか？」

ちょっとした出来心で意地悪な質問を投げかける私だったが……エドワード皇子殿下は質問の意図を理解していないのか、真剣に答え始める。

「いいや、嫌いじゃない。むしろ……」

――――とエドワード皇子殿下が何かを言いかけた時、最悪のタイミングで衛兵が声をあげた。

「会場の皆様、静粛に願います！　エリック・ルビー・マルティネス皇帝陛下とヴァネッサ・ルビー・マルティネス皇后陛下のご入場です！」

今までとは比べ物にならないほど大きな声で衛兵がそう叫んだ。

その瞬間、貴族・王族関係なく、会場に居る誰もが頭《こうべ》を垂れる。ガヤガヤと騒がしかった会場内が嘘のように静まり返った。

マルコシアス帝国の頂点に立つお二人を迎え入れるため、トランペットが入場の音楽を奏でる。

そして、その演奏が終わるのと同時に扉が勢いよく開け放たれた。

「「偉大なるマルコシアス帝国に栄光あれ」」

パーティーの参加者全員が声を揃えてそう言うと、赤髪金眼の美丈夫と青髪翠眼の美女が会場に足を踏み入れる。圧倒的存在感を放つお二人は用意された道を堂々と歩き、玉座の前まで来ると、その場でゆっくりターンした。それぞれ用意された金色の椅子に腰かける。

純金で出来た玉座がキラリと光った。

「面《おもて》を上げよ。楽にしてくれて、構わない」

シーンと静まり返った会場内にエリック皇帝陛下の低い声が響く。

当然ながら、普段の柔らかい声とはかけ離れていて……嫌ってほど緊張感を煽《あお》られた。

これがエリック皇帝陛下のもう一つの顔……。

今までは家族モードの優しいエリック皇帝陛下しか見てなかったから、衝撃が大きいわね。正直ここまで凄いカリスマ性の持ち主だとは思わなかったわ。マルコシアス帝国皇帝という肩書きは伊達じゃなかったってことね。

ドレスから手を離した私は楽な体勢を取りながら、エドワード皇子殿下とよく似た赤髪の美丈夫を見上げる。

黄金に輝く金の瞳は凛としており、その目を見ているだけで自然と背筋が伸びた。

「本日は我が国が主催するパーティーにご参加頂き、誠に感謝する。今日は思う存分楽しんで行ってほしい。が、その前に――――今日は皆《みな》に大事な報告がある。第二皇子エドワードとカロリーナ嬢はこちらへ」

「「はい、陛下」」

打ち合わせ通り、挨拶を手短に済ませたエリック皇帝陛下は私たちの名を呼んだ。これにより、会場中の視線が私たちの方へと集まる。

予想だにしなかった私たちの登場に、会場に居る誰もは困惑した様子だった。

私たちの関係を見事見抜いた数人の王族も驚いているみたいね。まあ、無理もないわ。だって、こんないきなり婚約と結婚を発表するとは誰も思わないもの。幾らなんでも性急過ぎる。

二週間前の私と全く同じ反応をする彼らに苦笑を漏らしながら、私はエドワード皇子殿下のエスコートの下、玉座の前まで来ていた。

玉座の前には広い面積の段差があり、そこにはエリック皇帝陛下の側近が佇んでいる。私たちはその段差の前でマルコシアス帝国の2トップにお辞儀した。

「マルコシアス帝国に栄光あれ。第二皇子エドワード・ルビー・マルティネス、ご紹介に預かり参上致しました」

「セレスティア王国サンチェス公爵家次女カロリーナ・サンチェスです。ご紹介に預かり、馳せ参じました。マルコシアス帝国に永遠《とわ》の栄光があらんことを」

「うむ。挨拶ご苦労。面を上げよ」

「「はっ！」」

形ばかりの挨拶を済ませ、私たちは顔を上げる。と同時に大衆の方を振り返った。

本来であればマルコシアス帝国のトップであるお二人に背を向けるなど、あってはならないことだが、今回ばかりは仕方ない。今回は私たちの今後に関わる報告なので、大衆の方にずっと背中を向ける訳にもいかないのだ。

「もう薄々勘づいている者も居ると思うが、今日報告するのはエドワードとカロリーナ嬢のことについてだ」

エリック皇帝陛下はそう前置きすると、一度言葉を切る。

『すぅ……』と大きく息を吸い込む音が微かに聞こえた。

「私、エリック・ルビー・マルティネスは――第二皇子エドワード・ルビー・マルティネスとカロリーナ・サンチェス公爵令嬢の婚約と結婚をこの場で宣言する！」

声高らかにそう叫んだエリック皇帝陛下は今、誇らしい表情をしていることだろう。

ずっと独身だった息子の婚約と結婚を自分の口で発表することが出来たのだから。親として、これ以上名誉なことはない。

私は漣《さざなみ》のように広がる会場のざわつきを眺めつつ、エリック皇帝陛下の心情を察していた。

「まあ！　エドワード皇子殿下とカロリーナ様が婚約を!?」

「正確には『婚約と結婚を』よ！　恐らく、近いうちに式を挙げるんだわ！」

「ついにエドワード皇子殿下も結婚かぁ……。出来れば、ギルバート皇子殿下の結婚話を聞きたかったが、あの人は体調不良続きでそれどころじゃないか」

「相手がセレスティア王国の公爵令嬢ってことは政治絡みの政略結婚じゃねぇーか？　ほら、セレスティア王国とうちは最近仲が微妙だっただろ？」

「事態の早期解決を図るなら、政略結婚が一番だもんな。民の不安も拭えるし」

「まあ、なんにせよ、エドワード皇子殿下が身を固めるのは喜ばしいことだ。今日は酒の肴《さかな》に困らなそうだぜ！」

私たちの婚約・結婚発表を聞いたパーティーの参加者たちは驚きこそすれ、反発することはなかった。誰もが『めでたい』と口にし、私たちのことを祝福している。

これはちょっと予想外ね。てっきり、『何でセレスティア王国の奴なんかと！』と結婚を反対されると思っていたのに……。

もしかして、相手が『戦好きの第二皇子』と言われるエドワード皇子殿下だからかしら？　だとしたら、ちょっと複雑ね……。こんなにも優しくて、頼りになる人を彼らは軽く見てるってことなんだから。まあ、反発する人が少ないに越したことはないのだけど……。

複雑な心境に陥る私を他所に、エリック皇帝陛下は祝いの言葉で溢れ返る会場内を咳払い一つで黙らせる。

「結婚式の詳細については後日追って連絡する。報告は以上だ。では、今日のパーティーを心行くまで楽しんでほしい」

そこでエリック皇帝陛下がわざと言葉を区切れば、パーティーの参加者たちはそれぞれグラスを手に取った。玉座の前に居る私たちには傍で控えていた侍女から赤ワインが渡される。

グラスの中で揺れる赤い液体がシャンデリアの光を受けて、煌めいた。

「我が国の誕生と若人《わこうど》たちの幸せな未来を願って――――乾杯！」

「「乾杯！」」

パーティーの開始を意味する乾杯が宣言され、会場に居る参加者たちはコツンッと互いにグラスをぶつけ合う。その音がそこら中に広がった。

とりあえず、本日の一大イベントである婚約と結婚の発表は上手くいったみたいね。何もかも打ち合わせ通りで、ちょっと拍子抜けしちゃったわ。

この調子で何事もなくパーティーが終われば良いのだけれど……。

「――――カロリーナ」

不意に私の名前を呼んだ赤髪の美丈夫は手に持つワイングラスを少しだけ私に近づける。それだけで彼が何を言いたいのか、理解出来た。

ああ、なるほど。そう言えば、まだ私たちは乾杯していなかったわね。

エドワード皇子殿下の意思を汲み取った私は彼のグラスに自身のグラスをズイッと近づける。

「カロリーナ、改めてよろしく頼む」

「こちらこそ、末永くよろしくお願いします」

「「乾杯」」

私たちは互いに見つめ合うと――――どちらからともなく、コツンッとグラスをぶつけ合った。

かなりギリギリだったが、何とか予定通りに始まった建国記念パーティーは、それはそれは賑やかなものだった。

あちこちで笑い声が飛び交い、あらゆる情報が会場内で行き来する。会場の中央付近では優雅にダンスを踊る紳士・淑女の姿が目に入った。

これぞ、パーティー。これぞ、社交の場。これぞ、高貴なる者の嗜《たしな》み。

華やかで、豪華で、優雅な時間……だが、それは決して楽しい時間ではなく……。

「エドワード皇子殿下、カロリーナ様、ご婚約おめでとうございます。結婚式には是非我々もお呼びください」

「お二人の幸せを心よりお祈りしています」

「ウェディングドレスの製作は是非我が家が経営するブティックをお使いください。最近、上質な布地が手に入りまして……」

「結婚指輪はもうお作りになっていますか？　もし、まだなら我が家が経営するジュエリーショップを是非ご利用ください」

「いやいや、我が家のジュエリーショップを」

ようやくパーティーが本格的に始まったかと思えば、これである。私たちの周りに群がる貴族たちは自分たちが経営する店をこれでもかってくらい勧めてきた。

皇族の結婚式に携わりたいのは分かるけど、これはさすがにあからさま過ぎるわね。これでは貴族と言うより……餌に群がるハイエナみたいだ。

貴族を名乗るなら、もう少し品のある言動を取ってもらわないと困るわ。

「皆さん、お祝いの言葉ありがとうございます。オススメのお店なんかも教えて頂いて、嬉しい限りですわ。ですが、結婚式のことについてはエドワード皇子殿下と二人でじっくり話し合いたいので、そっとしておいてくださると助かります」

　エドワード皇子殿下の腕にもたれ掛かるようにして照れ笑いを浮かべれば、貴族たちはハッとしたように正気を取り戻す。ここにきて、ようやく自分たちの品のない行いに気が付いたらしい。

　ここが建国記念パーティーの会場ということもあり、貴族たちはより一層羞恥心に苛まれた。

「ご、ごめんなさい！　私ったら、はしたない真似を……」

「こういう大事なことは主役であるエドワード皇子殿下とカロリーナ様が決めることですよね！」

「私たちばかり盛り上がってしまって、申し訳ないわ」

「おほほっ！　では、ここから先はお二人でごゆっくり……おほほほほほほっ！」

「そ、そうですわね！　ここから先は若者同士でごゆっくり！」

「お邪魔してしまって、ごめんなさいね！　おほほほほっ！」

　気を利かせたのか、はたまた羞恥のあまり居た堪れなくなったのかは分からないが、挨拶しに来た貴族たちはそそくさとこの場を立ち去る。

　お店の売り込みはかなり下手だったが、逃げ足だけは早かった。

　ふぅ……とりあえず、これで一件落着ね。恋人同士の初々しい感じを出すのは苦労したけど、彼らの目を欺くことが出来たみたい。

　私は遠ざかっていく彼らの背中を見送り、エドワード皇子殿下にもたれ掛かっていた体を起こした。

「申し訳ありません、エドワード皇子殿下。彼らを追い払うための演技とは言え、このような無礼な真似を……」

「……演技、か……」

「えっ……？」

　あまり目立つ行動は出来ないため、口頭のみの謝罪を口にすれば、エドワード皇子殿下は何故か寂しげに呟く。

　――その無表情の中に傷ついた一匹狼が見えた気がした。

え……？　何でそんな……悲しそうな顔を？

　怒りや不満と言った感情なら理解出来る。でも、何で泣きそうなの……？　今のどこに悲しむ要素が……？

「あの、エドワードおう……」

「――やあ、久しぶりだね」

　私の言葉を遮るように、誰かが私たちに声をかけてきた。声のした方へ視線を向ければ、手を上げてこちらに歩み寄ってくる青髪金眼の美青年――ギルバート皇子殿下の姿が目に入る。

　陽だまりみたいに暖かくて、優しいオーラを放つ彼はニコニコ笑いながら、私たちの前に立った。

「エドワード、久しぶり。それから、初めましてカロリーナ嬢。私はマルコシアス帝国第一皇子のギルバート・ルビー・マルティネスだ。こんな綺麗な子が弟の婚約者になってくれて、嬉しいよ」

「お初にお目にかかります、ギルバート皇子殿下。名前を覚えて頂けて、大変嬉しいです」

「……お久しぶりです、兄上。体調はもう大丈夫なのですか？」

「ああ。と言っても、完治した訳じゃないけどね。教皇聖下の神聖力で一時的に症状を抑え込んでいるだけだよ」

完治？　症状？　ギルバート皇子殿下は何か重い病気にでも掛かっているんだろうか？

もし、そうなら社交界にあまり顔を出さない理由にも納得がいくけど……でも、そんな話一度も聞いたことがないわ。

私は病的にまで肌が白く、華奢《きゃしゃ》な青年を見上げる。が……やはり、重病に掛かっている病人には見えなかった。

「そうですか……。それで、教皇聖下はなんと？」

「以前よりずっと症状が重くなっていると言っていたよ。教皇聖下の加護なしでダイヤモンド宮殿を出れば確実に倒れるともね……」

「それは……かなり酷いですね」

「そうだね。このまま行けば、私は……いや、やめておこう。祝いの席でこんな話をするものじゃない」

そう言って、ギルバート皇子殿下はこの話を半ば無理やり切り上げた。この暗い雰囲気を払拭するかのように明るい笑みを浮かべる。

出会ったばかりで何を考えているのか分からない人だが、一つ確かなのは……彼がその病気で苦しんでいること。病名や詳しい症状は分からないが、とにかく重い病気なのは理解出来た。

「それじゃあ、私はここら辺で失礼するよ。二人の時間を邪魔して悪かったね。あと言い忘れていたけど、婚約おめでとう」

ギルバート皇子殿下はそう言い残すと、私たちの返事も聞かずに背を向けてしまった。するとギルバート皇子殿下の元に未婚の令嬢たちが押し寄せてくる。

あれではまるで未婚女性ホイホイだ。

あそこまで人気だと、ギルバート皇子殿下本人も結婚相手を探しに来た未婚男性も大変ね。あれでは建国記念パーティーを存分に楽しむことは出来ないだろう。

「……ギルバート皇子殿下の病気、早く治ると良いですね」

「ああ、そうだな……」

賑やかな音楽と笑い声が会場を包み込む中、私たちの何気ない会話は雑音となって消えた。

◇◆◇◆

ギルバート皇子殿下が去った後、私たちは皇族専用の控え室で束の間の休憩を楽しんでいた。ソファに深く腰掛ける私たちは押し寄せてくる眠気と疲労感に耐える。

正直もう動く気力はこれっぽっちも残っていなかった。

ただ立って人の話を聞くだけなのに、この疲労感……。セレスティア王国のパーティーとはまた違う意味で疲れる。人気者と言うのも大変ね。

「エドワード皇子殿下、もうすぐ休憩に入ってから十分が経ちますが、いつ頃会場に戻りま……」

『いつ頃会場に戻りますか？』とエドワード皇子殿下に問い掛けようとすれば、私の言葉を遮るように部屋の扉がノックされた。

ここは皇族専用の控え室……扉の前はもちろん、この部屋へと通じる全ての廊下に『烈火の不死鳥』団の団員が待機している。その団員たちがここへ通したってことは恐らく私たちの知り合いである可能性が高い……。でも、一体誰が……？

「入れ」

不安がる私を置いて、エドワード皇子殿下が入室の許可を出せば扉の向こうから見知った人物が現れた。

「休憩中にお邪魔してしまい、申し訳ありません。こうでもしないと、エドワード皇子殿下となかなか合流出来ないもので……」

申し訳なさそうな表情を浮かべるその人物は艶やかな金髪をふわりと揺らす。『烈火の不死鳥』団副団長の肩書きを背負う彼の登場に、エドワード皇子殿下はあからさまに顔を顰めた。

「げっ！　何でテオがここに……」

「『げっ』とは何ですか、『げっ』とは。私はただ会場の警備状況について報告しに来ただけです。ちなみに――――レイモンド公爵も一緒です」

「ご無沙汰しております、エドワード皇子殿下。それから、カロリーナ久しぶりだな」

聞き慣れた低音ボイスが耳を掠めたかと思えば、テオドール様の後ろから父が姿を現した。思いもよらない再会に、私は大きく目を見開く。

久しぶりに見た父の姿は以前より、少しだけ痩せたように思えた。

「お久しぶりです、お父様。またこうして再会することが出来て、大変嬉しいです」

「あの会議以来だな、レイモンド公爵。元気そう……ではなさそうだな。もう少し自分の体を気遣ってやれ」

「はい、皇子」

エドワード皇子殿下は父が頷いたのを確認し、ゆっくりとソファから立ち上がった。

「では、親子で積もる話もあるだろうし、我々は席を外すとしよう。テオ、報告は別の部屋で聞く」

「畏まりました」

扉の方を指さす赤髪の美丈夫に、金髪の美男子は即座に応じる。麗しい殿方二人はこちらの返事を聞く前にこの部屋を出て行ってしまった。

え？　あの、一応ここは皇族専用の控え室なのだけど……。お二人が私と父に気を使ってくれたとしても、皇族じゃない私たち親子がこの部屋を利用するのはちょっと問題があるんじゃ……。

「テオドール子爵令息が根回しをしてくれるだろうから、きっと大丈夫だ。心配はいらない。それより、隣に座っても構わないか？」

「え？　あっ、はい！　どうぞ」

こちらへ近づいてくる父を横目に、私は慌ててソファの端に移動する。そうすれば、父は私の隣に腰を下ろした。

　セレスティア王国に居た時もこうやって父と一緒にソファに座ったことがなかったせいか、変に緊張してしまう。何を話せばいいのか分からず、口をもごもごさせていると、父が先に口を開いた。

「エドワード皇子殿下は噂と違って、良い人みたいだな。会議やパーティーでしか会ったことがないが、さっきの何気ない気遣いで確信したよ」

「ええ、エドワード皇子殿下はとてもいい人ですわ。優しくて、気遣いが出来て、凄く穏やかで……感情は読みづらいですが、私は彼の妻になれることを誇りに思っています」

　エドワード皇子殿下の話題を振られた私は思わず熱弁してしまう。そんな私を父は酷く穏やかな表情で見つめていた。

「そうか。カロリーナがそこまで言うなら、彼は本当に素晴らしい人間なんだろう。最初は不安でしかなかった政略結婚だが、その言葉が聞けて安心したよ」

　父は心配事が一つ減ったというように安堵し、私の頭をポンポンっと撫でてくれた。安堵の中に僅かな寂しさが宿るエメラルドの瞳に、私はクスッと笑みを漏らす。

　やっぱり、お父様も……ううん、セレスティア王国の宰相であるレイモンド・サンチェスもただの人間なのね。

「前々から思ってましたけど、お父様って意外と心配性ですよね」

「そうか？　子を持つ親なら、これくらい普通だと思うが……。会えない分、心配事も増えるからな。正直、月に一度会って健康状態を確認しないと不安で堪らない」

「ふふふっ！　それは心配し過ぎですわ。月に一度会って健康状態を確認って……お父様は私の主治医か何かですか？」

「国の状況が安定して引退したら、お前の主治医に転職するのも良いかもしれんな」

「ちょ、冗談ですよね!?」

元セレスティア王国の宰相兼サンチェス公爵家当主が主治医だなんて、前代未聞だわ！　それに国の状況が安定しても、サンチェス公爵家の当主問題が残っているじゃない！　フローラが聖女になったら、サンチェス公爵家の直系が全員居なくなる訳だから……って、ん？　フローラ？

「あっ！　そう言えば、フローラお姉様の体調はどうですか？　セレスティア王国で起きた異変はお姉様の不調が原因だと聞いていますが……」

正直フローラのことなんてどうでも良いが、彼女がセレスティア王国の大黒柱であることは確かだ。祖国の現状を心配するなら、フローラの体調も気にかける必要があった。

「あぁ、フローラの体調は……」

複雑な心境に陥る私を他所に、父が問いに対する答えを口にしようとするが——その答えが私の耳に届くことはなかった。

何故なら……。

「——お嬢！　その男から離れろ！」

この穏やかな空気をぶち壊す、ある一人の騎士が乱入してきたから。

その騎士の手にはボコボコにされた見知らぬ男性の襟が握られている。その後ろでは『おい！

待て！』『団長たちに報告しろ！』』と慌てる『烈火の不死鳥』団の皆さんが居た。

が、しかし……この場に押し入ってきた騎士――――オーウェンは周りのことなんか気にせず、父のことを睨み付けていた。

何でオーウェンがここに……!? 今日は私の部屋の警備に当たっていた筈だし、その男は誰なの？ 怪しげな格好から察するに、パーティーの招待客ではなさそうだけど。

「お嬢！ その男から離れろ！ そいつはお嬢の部屋に刺客を送った奴だ！ 全部こいつが吐いた！」

血だらけの男を引き摺って私の前まで来たオーウェンは父を指さして、確かにそう言った。彼の放った言葉が衝撃的過ぎて、私の頭が一瞬フリーズする。

ちょっと待って……？ え？

お父様が私の部屋に刺客を放った？ 何かの間違いよね？ だって、お父様がそんなことする筈ないもの。きっと、何かの勘違いだわ。

「お、落ち着いて、オーウェン。まずは冷静になって、話を……」

「そんな悠長なこと言ってる暇はねぇ！ 早くこっちに来い！ その男はお嬢を殺そうとした奴だぞ！」

興奮状態のオーウェンはこちらの言い分を撥《は》ね退《の》け、語気を強める。今のオーウェンに『冷静に話し合う』という選択肢はないようだった。

ワーワー喚く護衛騎士を前に、私は爪が手の平に食い込むほど強く拳を握り締める。

何故オーウェンはお父様を犯人だと断定しているの？　だって、お父様には私を害する動機もメリットもない。

百歩譲って、そのローブ男が刺客だとしても――――その刺客を送った犯人が父であることは絶対にありえないわ！　絶対に！

私はざわつく心を必死に宥《なだ》めながら、父を庇うように一歩前へ出る。コツンッと鳴るヒールの音がやけに大きく聞こえた。

「お父様が私に刺客を放つ訳がないわ！　事実確認はしたの？　その男の証言だけ？　物証と動機は？　まさか、その男の言い分を鵜呑みにした訳じゃないわよね？」

「お、お嬢……？　俺はただアンタに危害が加えられるかもしれないと思って……」

「言い訳は結構よ！　まずは私の質問に答えて！　物証はあるの？」

「そ、れは……」

「答えなさい！」

はしたないと分かりつつも、私は感情が赴くままに叫んだ。いつになく、強気な私にオーウェンはたじろぐ。

まるで、こんな反応されるとは思わなかったとでも言うように、彼はサンストーンの瞳を大きく見開いた。

物証もなしにお父様を犯人扱いしたなら、いくらオーウェンでも許さないわよ！

私のことを心の底から心配して、愛してくれるこの人に……濡れ衣を着せるだなんて絶対に許さない！　いや、許せる訳がない……！

　怒りと憎しみで高まる感情をそのままに、私はオーウェンをキッと睨み付けた。

「……こいつがお嬢の部屋に侵入して毒を仕込もうとしてて……そこを差し押さえて、事情を聞いたら『依頼人はレイモンド・サンチェスだ』って言うから……急いでここに来て……。だから、こいつがそのおっさんの送った刺客である証拠は……何もねぇーよ」

　まるで、悪戯をした子供が親に言い訳する時みたいに……ボソボソと事情を口にしたオーウェン。不貞腐《ふてくさ》れたように視線を逸らすオーウェンはローブ男の襟からパッと手を離した。

　男は気絶しているのか、あっさりバランスを崩し、ゴンっと床に頭をぶつける。その反動で顔を覆い隠していたフードが取れた。

　あれ？　この人って、もしかして……東洋人？

　だって、この肌の色……日に焼けたって言うより、元々黒かったたって感じだし。東洋人の中には元々肌の黒い方たちが居ると聞く。

　髪や服に隠れて焼けづらい耳や胸元も黒いことから、彼が東洋人である可能性は非常に高かった。

「やっぱり、お父様は犯人じゃないわ」

「は？　何でだよ？　まだ物証はねぇーけど、重要参考人であることは変わりないだろ」

「ええ、そうね。でも、お父様には無理なのよ。だって――――セレスティア王国は東洋人と交流がないから」

　そう、セレスティア王国は東洋人と関わりがない。

貿易はもちろん、国同士の交流で会うこともなかった。

東洋人と関わりがない理由は至ってシンプル――物理的な距離があまりにも遠すぎるから。貿易するにしろ、国同士で政策を練るにしろ、あまりにも距離が遠すぎる。

最近になって、マルコシアス帝国がやっと東洋人と関わりを持ち始めたくらいだもの。先進国である帝国もその段階なのに、セレスティア王国が東洋人の暗殺者を雇うだなんて……不可能に近い。

そもそも、お父様が私に刺客を放つ理由がない。そんなことをしても、お父様にもセレスティア王国にもマイナスにしか働かない。だから、犯人はお父様じゃないわ。

「じゃ、じゃあ！　何でこいつは『依頼人はレイモンド・サンチェスだ』って言ったんだよ!?　明らかにおかし……」

「――そうですね。明らかにおかしい……ですが、それを今ここで議論し合っている場合ではありません」

そう言って、この場に颯爽と現れたのは金髪の美男子と赤髪の美丈夫だった。その後ろには見慣れた二人の騎士が控えている。

この場の沈静化を図るため、現れた彼らはまず――サッと頭を下げた。

「レイモンド公爵、私の部下が失礼した。これも全て私の教育不足ゆえだ。本当にすまない」

部下の尻拭いのため、潔く頭を下げたエドワード皇子殿下とテオドール様。本来であれば、皇族であるエドワード皇子殿下が貴族に軽々しく頭を下げるなんて、あってはならないことだが、オーウェンの罰を軽くするにはこれしかなかった。

いくら貴族の息子とはいえ、他国の貴族に冤罪《えんざい》を被せるだなんて許されない。罰は免れないだろう。

「頭を上げてください、エドワード皇子殿下。私は別に怒っていませんから。確かに彼の行動は軽率だったかもしれません。ですが、それも我が娘を思ってのこと。娘を守ろうとした騎士を責めるなんて、出来ません」

「……そう言ってもらえると助かる」

オーウェンを責めるつもりはない父に、エドワード皇子殿下はホッとしたように顔を上げた。

安堵する赤髪の美丈夫とは違い、冷静に状況を判断するテオドール様はカチャッとメガネを押し上げる。

「レイモンド公爵の寛大なお心に感謝致します。突然の騒動でお疲れでしょう？　別室をご用意致しましたので、そこでしばらくお休みください。ロン、レイモンド公爵を客室まで案内してください」

「分かりました。レイモンド公爵、こちらです」

テオドール様の後ろに控えていたロンは緊張しているのか少し動作がぎこちないが、命令通り我が父レイモンド・サンチェスをこの場から連れ出した。遠ざかっていく父の背中を寂しく思いながら、私はパッと視線を戻す。すると、そこには……凍てつくような冷たい眼差しでオーウェンを射抜くテオドール様の姿があった。

「あれだけパーティー当日は大人しくしていろと言ったのに……まあ、良いです。それを今ここで話しても何の意味もありませんから。コレット、オーウェンとその東洋人を騎士団本部へ連れて行きなさい。オーウェンは取り調べ室に、東洋人は牢屋にぶち込んでください」

「分かりました」

騎士の礼を取って応じたコレットは床に転がる東洋人を軽々と持ち上げ、小脇に担ぐ。そして、空いているもう一方の手でオーウェンの手首を掴むと無言で歩き出した。

テオドール様が現れてからずっと無言だったオーウェンは促されるまま、この場を後にする。その背中はいつもより、何故か小さく見えた。

「それでは、私たちも移動しましょうか。ここでは落ち着いて話も出来ませんし」

「カロリーナ、君の疑問に全て答えると約束するから、ついてきてほしい。三人でゆっくり話をしよう」

エドワード皇子殿下はそう言い切ると、私にスッと手を差し伸べた。

確かにお二人に聞きたいことはたくさんある。何で私に隠し事をしているのかとか、私に何を隠しているのかとか……。

でも、私が今一番聞きたいのは――――何故オーウェンを私の護衛騎士に任命したか、よ！

キュッと口元に力を入れた私は全ての疑問を解消するべく、差し伸べられた大きな手に自身の手を重ねた。

大丈夫……もう『知る覚悟』は出来た。

◇◆◇◆

麗しい殿方二人と共に私は皇城の空き室を訪れていた。

先程の豪華な部屋とは違い、ソファとテーブルしかない質素な部屋である。皇城にあるほとんどの客室が休憩室として解放されているため、ゆっくり話せる場所がここしかなかったのだろう。

男性陣と私は向かい合うようにソファに腰掛け、互いの顔を見つめ合った。言い表せぬ緊張感がこの場を支配する。

「さて、席に着いたところで早速話を始めましょうか。カロリーナ様、まずは私たちと何を話した……いえ、私たちに何を聞きたいですか？」

何を聞きたいか、ね……。

本当はもう分かっているくせに……。わざわざ私に言わせようとするだなんて、テオドール様は意地悪な方ね。

レンズ越しに見えるペリドットの瞳を見つめ返し、私はゆっくりと口を開いた。

「私が聞きたいことはただ一つ――――何故オーウェンを私の護衛騎士に選んだのか……その理由を聞かせてください」

遠慮なく投げかけた私の質問に、テオドール様は『やはりか』と諦めたように笑い、エドワード皇子殿下は気まずそうに視線を逸らした。

ずっとこのことを隠してきた二人にとって、今一番答えたくない質問だろう。でも、こんな状況になった以上、私も引く訳にはいかなかった。

今回の騒動で私の堪忍袋の緒は完全に切れた……。こちらが納得する理由がなければ、私はオーウェンを護衛騎士から外すつもりだ。たとえ、お二人から猛反対されようとも……。

そんな私の心情を察しているのか、テオドール様は顔に若干の焦りを見せた。が、直ぐにいつも通りの胡散臭い笑みに戻る。

「オーウェンをカロリーナ様の護衛騎士に任命した理由、ですか……。まあ、全てお答えすると約束しましたし、お話ししま……」

「待て！　テオ！　その話は……！」

男に二言はないとばかりにこちらの質問に答える姿勢を見せた金髪の美男子だったが、そこにエドワード皇子殿下の邪魔が入る。

エドワード皇子殿下の反応を見る限り、やはり私に聞かれたくなかった話らしい。

「エドワード皇子殿下がカロリーナ様を大切に思う気持ちは分かります。出来るだけ、怖がらせたくないという気持ちも……。ですが、彼女ももう無知ではいられないのです。第一、隠し通せる問題でもありません」

「だが……！　変に怖がらせるより、何も知らない方が……」

「ええ、何も知らない方が幸せなこともあるでしょう。ですが、カロリーナ様の場合、『何も知らない』でいる方が不安だと思います。彼女は賢い方ですから……身の回りで起きていることくらい、きちんと知りたいと思う筈です。そして、これは先程も言いましたが、この問題は隠し通せるものではありません。彼女がエドワード皇子殿下の婚約者である限り、避けては通れない道です」

「っ……！　それは……いや、分かった。全て正直に話そう。話の腰を折って悪かった」

数分に亘る押し問答の末、最終的に折れたのはエドワード皇子殿下だった。

キュッと口元に力を入れる赤髪の美丈夫は珍しくポーカーフェイスを崩し、思い詰めたような表情を浮かべている。

エドワード皇子殿下がここまで感情を露わにするだなんて……それほど、私に聞かれたくなかった話なんだろうか？　だったら、私は聞かなくても……って、絆《ほだ》されちゃダメよ！　これは私の今後に関わる問題なのだから！　情に流されちゃダメ！

フルフルと首を振って、何とか気持ちを持ち直した私は改めて二人の美青年を見据える。

「すみません、お待たせしました」

「いえ……」

「では、これよりオーウェンを護衛騎士に選んだ理由について、お話し致します――――と、その前に……」

テオドール様はわざとらしく、そこで言葉を切ると、私が待ち焦がれていた言葉を放った。

「――――マルコシアス帝国の社交界で広がる問題について、お話しします。オーウェンを護衛騎士に任命した理由はその問題と深く関わりがありますから」

マルコシアス帝国の派閥問題……！

オーウェンの言う通り、護衛騎士の選定条件には派閥問題が絡んでいたのね。

予想通りの展開に、私はギュッとドレスを握り締めた。

「マルコシアス帝国では現在、第一皇子派・第二皇子派・中立派の三つの派閥があります。それは何故だと思いますか？」

分かりやすいヒントを並べ、分かり切った答えを私に求める金髪の美男子。『第一皇子派』『第二皇子派』という単語が出た時点で、この派閥問題の大本は分かり切っていた。

「────『王位継承権問題』が注視されているからだと思います」

「はい、正解です。現在、マルコシアス帝国にはギルバート第一皇子殿下とエドワード第二皇子殿下の二人の皇子が居ます。喜ばしいことにお二人共もう成人され、一人前の皇族になられました。ですが────まだどちらが皇太子になるのか……いえ、どちらが次期皇帝となるのか決まっておりません」

「！」

テオドール様が告げた衝撃の事実とだんだん見えてきた派閥問題の原因に、私は大きく目を見開いた。

派閥問題……王位継承権問題……そして、皇太子と次期皇帝がまだ決まっていない事実……。

ギルバート皇子殿下とエドワード皇子殿下が成人していながら、まだ皇太子も決まっていないなんて、明らかにおかしい……。貴族たちがざわつくのも無理はない。

「……何故まだどちらが皇太子になられるのか決まっていないんですか……？」

「それは……ギルバート皇子殿下の体調不良とエドワード皇子殿下の……」

「俺は皇太子にも、次期皇帝にもなる気はない。事務仕事は苦手だし、周りからの評判も良くないからな。俺は皇帝に相応しくない。兄上が皇帝になるべきだ」

「……と言った感じで、エドワード皇子殿下には君主の才能がない上、皇帝になりたいという強い意志がないからです」

な、なるほど……。早い話が皇帝になれる人材が今、皇族に居ないってことね。理解したわ。

「あ、あの……ギルバート皇子殿下の体調不良って病気が原因なんですか？　パーティーでお会いした時、完治がどうのこうのってお話をしていましたけど……」

他人のプライベートに無闇に足を踏み入れて良いのか分からず、おずおずとそう問い掛ければ、テオドール様がスッと目を細めた。

「ギルバート皇子殿下の体調不良の原因は病気と言うより、障害に近いものですね。病名は──マナ過敏性症候群です」

金髪の美男子が放った言葉に、私は言葉を失った。何故なら、その病気は成人した大人が罹る訳がないから……。

──マナ過敏性症候群。

これは名前の通り、マナを敏感に感じ取ってしまう病気だ。この病気は感覚が鋭い子供に罹りやすく、患者たちはマナ酔いを引き起こして、よく部屋で寝込んだりする。まあ、マナを敏感に感じ取ると言っても、大抵の場合は『何となく近くにマナがある気がする』と言った曖昧なものだが……。

それにこの病気は成長と共に症状が改善されていくため、危険視するほどのものではなかった。

マナ過敏性症候群は子供特有の病気だと、私は習っている。実際大人になってもマナ過敏性症候群を患っている患者なんて見たことないし、聞いたこともない。皆、成人する前には完治している。

だからこそ、おかしいのだ……成人しても尚、マナ過敏性症候群に悩まされているギルバート皇子殿下の存在が……。

ハッキリ言って、有り得ない。医者が診断ミスをしたとしか思えない……でも、こんな状況でテオドール様が嘘をつくとは思えなかった。

「兄上は四歳の時にその病気を発症している。当時はマナ過敏性症候群なんて珍しい病気じゃなかったから、大人たちも俺も危険視しなかったんだが……」

「成長と共に軽くなっていく筈の症状がギルバート皇子殿下の場合、どんどん重くなっていってしまったんです。最初はマナ酔いを引き起こす程度だったのに、最近では教皇聖下の加護なしに出歩くだけで気絶するほどになってしまわれて……。ギルバート皇子殿下の話によると、彼の目にははっきりマナの流れと我々の魔力が見えるそうです。ただ一度に入ってくる情報量が多すぎて脳がその負荷に耐えきれず、倒れてしまうみたいで……」

そ、んな……！　マナ過敏性症候群にそんな事例があっただなんて……！　ハッキリ言って、信じられないわ！

だって、マナの流れや他人の魔力を目視するなんて……常識では考えられないもの！

「おかげで兄上は特殊な結界が施されたダイヤモンド宮殿から出られなくなってしまった」

「そして、宮殿に仕える者たちを全員魔力なしで統一し、マナと触れ合う機会を徹底的に減らすことでギルバート皇子殿下はこの病気と闘ってきました。ですが、回復する見込みはありません……」

ギュッと拳を握り締めたテオドール様は悔しげに顔を歪める。その隣でエドワード皇子殿下も強く拳を握り締めていた。

この病気自体、未知な部分が大きい……。長年解き明かされなかった治療法をそう簡単に見つけられる訳がない。そもそも、ギルバート皇子殿下のようなケースは極稀だ。

そんな彼に残された道は一つ……極力マナを避けてひっそり生活すること。

「以前まではギルバート皇子殿下の人当りの良さや賢さが影響し、第一皇子派の方が圧倒的に人数が多い状況にありました。ですが、ギルバート皇子殿下の体調不良が相次ぎ、社交界になかなか顔を見せなくなったことで貴族たちや民たちに不信感というか……不安が募ったのです。『体調不良続きでなかなか表舞台に現れない奴に帝国の未来を託しても良いのか』と……。マルコシアス帝国に限らず、国の王は健康体でなくてはなりません。体調不良が相次ぎ、公務を疎かにすればその余波は必ず国に広がりますから」

「年に数回しか表舞台に現れない兄上が国外のパーティーや各国のトップを集めた会議に出席出来るとは思えないからな……。王としての義務を果たせるのか、みんな不安なんだ」

王としての義務……。

その義務を教皇聖下の加護なしでは果たせないギルバート皇子殿下が皇帝になるのは確かに難し

い話ね。教皇聖下をギルバート皇子殿下の主治医に出来れば、話は別だけど……そんなのどう考えても不可能だし……。

貴族や民が不安がるのも頷ける。

ギルバート皇子殿下の現状を話し終え、一息つくテオドール様だったが、『本番はここからだ』と言わんばかりにメガネを押し上げた。

「そんな貴族や民の不安がピークに達した時でした……エドワード皇子殿下が幾つもの戦争で勝利を収め、武勲を上げたのは」

「！」

この絶妙なタイミングで、エドワード皇子殿下が武勲を上げた……。そうなれば、一時的にであれ帝国民の注目はエドワード皇子殿下に集まる……。

きっと、そこでこう考える人が居た筈だ。

第一皇子ではなく、第二皇子を皇帝にすれば良いのではないか？　と……。恐らくそう考えた人が多かったため、今帝国は派閥問題と王位継承権問題で揉めているんだろう。

「エドワード皇子殿下はお世辞にも頭が良いとは言えませんが、この無駄に頑丈な体には定評があります」

「おい、それはただの悪口だろ」

「極端な話、体が弱い代わりに賢さと人当りの良さを兼ね備えたギルバート皇子殿下か、頭が悪い代わりに頑丈な体を持つエドワード皇子殿下か……って感じですね」

「おい、俺の話をスルーするな。そして、本人の前で堂々と『頭が悪い』とか言うなよ」

『地味に傷ついたぞ』と真顔で言うエドワード皇子殿下に対し、テオドール様は『はぁ……』と深い溜め息を零す。長い長い溜め息のあと、テオドール様は面倒臭そうに口元に手を当てた。

「……おっと、すみません。口が滑ったみたいです」

「今更取り繕ったって、もう遅い……。あと、そのセリフは失言した直後に言わないと意味がないぞ」

「それはそれは……大変失礼致しました。以後気を付けます」

金髪の美男子はエドワード皇子殿下の御尤もな言い分を軽くあしらった。

これでは、どっちの方が偉いのか分からないわね。今のシーンだけ見れば、テオドール様の方が上官っぽく見えるもの。

――――と、それはさておき……これでようやく派閥問題の全容が見えてきたわね。ギルバート皇子殿下の体調不良が原因で貴族と民の支持が分散し、派閥が大きく割れた訳か。

でも――――何故、エドワード皇子殿下はこの話を私にしたがらなかったのかしら？

もちろん、率先して話したいことではないけれど、あそこまで過激に反応することでもないような……？　何か理由があるのかしら？

「あの……何故エドワード皇子殿下はこの話を私にしたがらなかったんですか？　特に危険な話ではないような気がしますが……」

未だにギャーギャーと言い合いを繰り広げるお二人に、私はおずおずと質問を口にした。その途端、この場が急に静かになる。

耳鳴りすらする静寂の中、赤髪の美丈夫はフイッと視線を逸らした。

「……カロリーナ様、これからお話しすることはもしかしたら、貴方の恐怖心を駆り立てるものかもしれません。それでも、お聞きになりますか？」

今一度、私の覚悟を問うテオドール様はいつになく真剣な表情だった。

雑談で緩んでいた空気が一瞬にして、引き締まる。

知る覚悟……そんなもの、とっくに出来ている。覚悟も出来ていない状態で、この話し合いに参加するほど私は馬鹿じゃないわ。

「知る覚悟は出来ています。だから、包み隠さず全て教えてください」

「……畏まりました」

レンズ越しに見えるペリドットの瞳を強く見つめ返せば、テオドール様も話す覚悟を決める。それぞれ話す覚悟と知る覚悟を固める中、この場に緊張の糸がピンっと張られた。

そして、テオドール様は重い口を開く。

「先日起きた襲撃事件やさっき見つかった刺客の黒幕は恐らく――――第一皇子派の過激派です」

テオドール様が語った衝撃の真実に、私は動揺を隠せなかった。

黒幕は第一皇子派の過激派？　それって、一体どういうこと……？

「第一皇子派の中にはエドワード皇子殿下を良く思わない連中が居ます。それが過激派と呼ばれる者たちです。彼らはあの手この手でエドワード皇子殿下の評判を下げ、何としてでもギルバート皇子殿下を次期皇帝にしようと躍起になっています」

テオドール様の説明により因果関係がはっきりしていき、私はあの襲撃の瞬間を思い出した。

震える手をギュッと握り締める私の姿から目を背けるように、テオドール様はそっと目を伏せて続ける。

「……先日起きた襲撃事件の狙いはセレスティア王国の使者に危害を加えることで、エドワード皇子殿下に責任を負わせることです。先程見つかった刺客についても、同じ理由でしょう。何故レイモンド公爵に濡れ衣を着せようとしたかは分かりませんが……まあ、実行者の咄嗟の思い付きか、婚約発表を聞いた首謀者がそう言うよう指示したかのどちらかだと思います。たとえ、毒殺に失敗してもこの結婚の見直しさえ出来れば良いと考えた結果でしょう」

「結婚は一種のステータスだからな。これ以上、俺に後れを取らないよう必死なんだろう」

なるほどね。やっぱり、過激派はエドワード皇子殿下を失脚させるために私の命を……。オーウエンの言う通り、私は自分でも気づかないうちに派閥問題に巻き込まれていたみたいね。

――――じゃあ、私は王位継承権問題が片付くまで、ずっと過激派に命を狙われ続けるってこと?

そこまで思考が回った時、エドワード皇子殿下が何故この話をしたくなかったのか分かった気がした。そっか……そうだったのね。エドワード皇子殿下はこれを知られたくなかったんだ。過激派に狙われる恐怖と、『エドワード皇子殿下と一緒に居ると、危険な目に遭う』という事実。強さの中に臆病な一面を兼ね備える彼はどうしても、それを知られたくなかったのだ。

「……ちなみにですけど、エドワード皇子殿下が『戦好きの第二皇子』と呼ばれている理由や残酷なイメージを与える噂が流れている原因って……」

「全て過激派の工作です。わざと悪い噂を流して、エドワード皇子殿下の支持率を削ぐ作戦です。おかげで国を守り抜いた英雄として民に讃えられる筈が、残忍な殺人鬼として民に恐れられることになってしまいました……」

「ああ、やっぱり……。その悪い噂も全てデマだったんですね」

「いえ、デマというか……事実を少し省略しているというか……。例えば、『エドワード皇子殿下が女と子供を容赦なく斬り捨てた』という噂ですが、この噂の内容自体は事実です。エドワード皇子殿下は確かに女性と子供を斬り捨てました。ですが、それには理由があったんです。敵国民のある親子が避難所に居る仲間を道連れに自爆しようとしたんですよ……エドワード皇子殿下はそれを咄嗟に防ごうとして、彼らの腕を斬り落としただけです。魔法の発動は主に手の平で行われますから」

　エドワード皇子殿下は周りに居る人たちを助けようとして、女性や子供に斬りかかった。そして、過激派はその事実を一部省略して噂を流した、と……。その行動に至った最も大切な理由を伏せることで、エドワード皇子殿下のイメージダウンを図る。皇族側も噂に嘘はないため、真っ向から否定も出来ないって訳ね。

　これはなかなか厄介だわ。

「エドワード皇子殿下は凄く優しくて、思いやりのある方なのに何故悪い噂ばかり耳にするのか不思議でしたが……そういうことだったんですね」

「ええ。過激派の者たちは英雄として讃えるべきエドワード皇子殿下を、残酷な殺人鬼だと非難しました。これは到底許される行いではありません！　皇子はその命を懸けて、戦の最前線に立ったと言うのに！　この仕打ちはあんまりです！」

「テオ、落ち着け。俺は別に気にしていない。戦争に参加したのも、戦の最前線に出たのも、命を賭して戦ったのも……全て俺が勝手にやったことだ。恩着せがましく、『守ってやった』なんて言うつもりはない」

珍しく感情的になるテオドール様を、隣に座るエドワード皇子殿下が宥める。部下の背中を優しく撫で、『落ち着け』と再三唱える赤髪の美丈夫は本当に素晴らしい人間だと思う。

こんな時くらい、怒っても良いのに……。テオドール様と一緒に『ふざけるな』『この恩知らずが！』と怒鳴り散らしても、誰も文句は言わないわ。むしろ、激怒するのが当然だと言える。

「私はっ……！　悔しくて堪りません！　人の英雄譚を勝手に頭のおかしい殺人鬼の話にすり替えるなんて！　絶対に許せません！」

「テオ……」

「大体、皇子は自分のことに無頓着すぎるんです！　もっと自分を大事にしてください！　貴方が自分のことを疎かにするから、私の仕事が増えるんです！　分かりましたか!?」

「あ、ああ……気を付ける」

あ、あら？　おかしいわね……？

最初の方は上司思いの頼もしい部下って感じで感動的だったのに、後半ただの小言だったような……？

テオドール・ガルシアの真面目なところはどこまで行っても変わらないらしい。金髪の美男子はついでとばかりに今まで溜まっていた不満を漏らし始める。

「最近なんて、結婚指輪のデザイン画ばかり見て全然仕事をしてくれないじゃないですか！　挙句の果てには『俺自ら指輪をデザインする』とか、訳の分からないことを言い出しますし！　結婚指輪のデザインを考えるのは構いませんが、せめて仕事が終わってからにしてくださ……」

「分かった！　分かったから、その話は後にしてくれ。本題に戻ろう」

「え？　あっ……申し訳ありません。話を脱線させてしまいました。本題に戻りましょう」

本題のことをすっかり忘れていたテオドール様は慌てて表情を取り繕う。が、赤く染まった耳が彼の動揺と羞恥心を露わにしていた。

ふふふっ。テオドール様でも、こんなミスするのね。なんだか、意外だわ。フローラと同じ完璧人間かと思っていたから。

テオドール様の取り乱す姿なんて稀だろうし、今のうちに目に焼き付けておきましょうか。

じーっと金髪の美男子を凝視する私を他所に、テオドール様は動揺を隠すようにカチャッとメガネを押し上げる。

「それでは、派閥問題について話し終えたところで――――護衛騎士の選定条件について話していきましょうか」

護衛騎士の選定条件……これこそがこの話し合いのメイン。

果たして、お二人は私が納得せざるを得ない理由を持っているのか……。そして、オーウェンに護衛騎士を続けさせるだけの価値があるのか……。

今ここで見極めさせてもらいましょう。

品定めするような目をお二人に向ければ、私たちの間で見えない火花が散る。互いに睨みを利かせる中、先に口を開いたのはテオドール様だった。

「カロリーナ様の護衛騎士を選ぶ上で、我々が定めた条件は四つ。一つ目、貴族出身であること。二つ目、カロリーナ様を守り切れる実力があること……この時点で、貴族出身の団員が少ない『烈火の不死鳥』団では候補が数人に絞られます」

貴族出身であることと護衛対象を守り切れる実力があること、か。

まあ、妥当……というか、護衛騎士を選ぶ上で最低限の条件ね。平民の騎士が護衛になれば皇族の品位を疑われるし、実力のない騎士に関してはもはや論外だわ。

「そして、条件三つ目——実家が第一皇子派でないこと、です」

「俺たちは団員たちを信用しているが、実家が第一皇子派の奴は万が一を考えて候補から外している。護衛騎士である団員本人ではなく、その実家の連中が息子の立場を利用してカロリーナに近づく可能性があったからな」

「第一皇子派の過激派が何をしてくるのか分からない以上、不安要素は出来るだけ消しておきたかったのです。なので、護衛騎士の選定条件は例年よりずっと厳しくしてあります」

なるほど……。確かに実家が第一皇子派の団員は候補から外した方が良いわね。相手は皇城内にスナイパーや刺客を送ってくる危険な人たちだもの。警戒するに越したことはないわ。

「そして、四つ目……最後の条件が――騎士団の仕事以上に大切なものがないこと、です」

「大切なもの、ですか……？」

「はい。騎士団の仕事以上に大切なもの、もしくは人が居れば、過激派はそれを利用して護衛騎士を買収してくるでしょう。だから、騎士団の仕事のためなら全てを投げ出せる人じゃないとダメなんです。まあ、尤もオーウェンの場合、『全てを投げ出せる覚悟』があると言うより、大切なものがまずない状態ですが……」

「あいつは金にも地位にも家族にも……そして、自分の命にも執着がないからな。カロリーナの護衛騎士には持ってこいの逸材だった」

オーウェンは自分の命にも執着がない？　それは一体何故？

確かに護衛騎士には『護衛対象のために命を落とす覚悟』が必要だ。でも、だからと言って、死ぬ恐怖や生への渇望がない訳じゃない。誰だって生きたいと願っているし、死ぬのは御免だと思っている筈だ。

なのに何故オーウェンは……。

エドワード皇子殿下の話を聞いて、私は『オーウェン・クライン』という人間がどんな人物なのか余計に分からなくなってしまった。

「カロリーナ様、今お話しした四つの条件が貴方の護衛騎士を選ぶ上で最も注視した点です。そして――――その条件に当てはまる人物はオーウェンしか居ませんでした」

「え？　オーウェンしか……？」

「ああ。さっきも言ったが、うちの団員は他と比べて貴族出身の奴が少ない。元々候補者が少なかった上、あの条件だからな。むしろ、一人でも当てはまる奴が居てラッキーだった」

……確かにあの四つの条件に全て当てはまる人物はあまり居ないだろう。特に四つ目の『騎士団の仕事以上に大切なものがないこと』に当てはまる人は貴族・平民関係なく少なかった筈だ。

仕事のために全てを投げ出せる人なんて、そうそう居ない。私だって、仕事のために父親を切り捨てられるか？　と聞かれたら、答えは否だもの。

「オーウェンの性格や言動に問題があることは分かっていました。少なからずトラブルが起きることも……。ですが、裏切りとカロリーナ様の身の安全を考えると、どうしても妥協することが出来ず……」

「結果、さっきの騒動を引き起こしてしまった。それについては本当に悪かったと思っている……。あれは完全に俺の監督不行き届きだ。本当にすまない」

オーウェンの引き起こした騒動について責任を感じているのか、エドワード皇子殿下はその場で頭を下げた。短い赤髪がサラリと揺れる。

大体事情は把握出来た。彼らの気持ちや考えも理解出来る。

私の護衛騎士にふさわしいのはオーウェンしかいない。そのオーウェンも決して悪い人間じゃない。でも私にとって最も大切なお父様を物証もなく糾弾したことは見過ごせない。……オーウェンを許せるか？　と聞かれれば、答えは否だ。私はどうしてもオーウェンを許すことが出来ない！　身の安全を考えるなら、今オーウェンを護衛騎士から外すのは愚策でしかないだろう。全ての条件に当てはまるのが彼しか居ないなら、尚更……。

でも、私の心がそれを拒絶する。『納得出来ない！』と抗議の声をあげるのだ。

私は爆発する感情と冷静な思考がせめぎ合う中、そっと目を伏せる。迷うような素振りを見せる私に、テオドール様はスッと目を細めた。

「……カロリーナ様、私は今からとても卑怯な手を使います。後で文句を言って頂いて構いません」

黙り込む私に、金髪の美男子はそう宣言した。

彼は膝の上に肘を置くと、美しい所作で指を組んだ。美しいペリドットの瞳がキラリと怪しい光を放つ。

「私は今からオーウェンの過去を話し、貴方の同情を誘います。心優しいカロリーナ様なら、きっと……私の欲しい答えをくれるでしょう」

「テオ、あいつの過去を勝手に話すのは……」

「エドワード皇子殿下、先に言っておきます。私はカロリーナ様がオーウェンを護衛騎士から外すと決断すれば――――彼を見捨てます」

「なん、だと!?」

「役に立たない者のために奔走するつもりはありません。だから、そうならないためにもカロリーナ様にオーウェンの過去を話すのです」

いつだって冷静に……そして、物事を合理的に考えるテオドール様は残酷なまでに私を追い詰めてくる。

突然重くなった責任と決断の影響力に、私は身を強張らせた。

エドワード皇子殿下の右腕であるテオドール様の力がなければ、オーウェンは確実に助からない。何故なら、彼が居ないと真犯人を突き止めることが出来ないから。真犯人を捕まえ、汚名返上出来なければ重罰は免れない……。最悪死刑だって有り得る。

本当に卑怯ね、テオドール様は。私にそんな重要な決断を委ねるだなんて、本当に意地が悪い。

私の良心につけ込む気満々じゃない。詐欺師なの？　貴方は……。

「さて、私がどれだけ卑怯な奴なのか分かってもらえたところで、オーウェンの過去をお話ししましょうか」

そう言って、ペリドットの瞳を意地悪く細めたテオドール様はオーウェンの過去について語り始める。

「彼、オーウェン・クラインは――――クライン男爵とメイドの間に生まれた私生児でした」

開口一番に告げられた衝撃の真実に、私の心は嫌ってほど揺さぶられた。

◇◆◇◆

後輩のコレットに案内されるまま、取り調べ室に入った俺は机と椅子が置かれただけの空間で一人、自己嫌悪に陥っていた。

はぁ……先走りすぎだろ、俺……。

何で事実確認もせず、お嬢のところへ突入したんだよ……。俺は後先考えず、行動する馬鹿じゃねぇーだろ。それに今日は副団長から、『くれぐれも大人しくしておいてくださいね』って言われてたのに……。

「ハッ！　バッカみてぇ……」

呟いた言葉は誰の耳に入ることもなく、虚しく消えて行った。

俺は正真正銘の大馬鹿者だ……。お嬢が家族に命を狙われていると勘違いをして、勝手に過去の自分と重ねて……お嬢に仲間意識抱いたりしてさ……本当馬鹿だよな。

でも――――お嬢の部屋に来た刺客が『レイモンド・サンチェスに命令された』って言った時、仲間が出来たみたいで嬉しかった。

俺は一人じゃないんだって、そう思えたから……。

そっと目を伏せた俺は今でも鮮明に覚えている過去の出来事について、思考を巡らせた。


俺、オーウェン・クラインはクライン男爵とメイドの間に出来た私生児だった。

母は俺を産んで直ぐに死んだため、顔すらも覚えていないが、使用人の話だと凄く綺麗な女性だったと言う。母は身寄りのない孤児だったため、俺は当然のようにクライン男爵家に引き取られた。

我が家の家族構成は父のドミニク・クライン男爵とその妻のナターシャ・クライン男爵夫人、そして長男のドレイク・クライン男爵令息。

俺も入れて計四人の家族だ。

俺が私生児であること以外は他の家と変わらない平凡な家族。

でも――――俺にとって、その平凡な家族は悪魔のようだった。

「何で貴方がここに居るのよ!?　さっさと部屋に戻りなさい！　顔も見たくないわ！」

パリンッと何か割れるような音と共にヒステリックにそう叫んだのは、義理の母であるナターシャ男爵夫人だ。

彼女の足元には最近買い替えたばかりの割れた花瓶が……。どうやら、先程聞こえた物音はこの花瓶が割れた音だったらしい。

冷めた目で割れた花瓶を見下ろす俺の姿に、ナターシャ男爵夫人は更にヒートアップする。

「何よ、その目は！　何か不満でもあるの!?　ここに住まわせてあげているだけ、感謝なさい！この汚れた平民の子供が！」

「うわっ!?」

まだ十歳にも満たない子供相手に、ヒステリックに喚き散らす彼女は俺を思い切り突き飛ばした。

まだ小さく、十分な栄養を摂取出来ていない俺の体は女の力であっさり吹き飛ばされる。ドンッと派手な音を立てて、その場に尻餅をついた俺を彼女は忌々しげに睨み付けた。

彼女は俺を良く思っていない。

そりゃあ、そうだ。愛する夫が若いメイドと不倫して出来た子供なのだから。

そんな子供を好意的に思える人なんて、そうそう居ないだろう。

だから、仕方ないのだ。彼女が情緒不安定になって、ヒステリックになるのも……私生児の俺が毎日のように暴力を振るわれるのも……使用人たちが俺への虐待を見て見ぬふりするのも……全部仕方ないいんだ。

ただの非力な子供である俺はそうやって、『仕方ない』の一言でこの状況を割り切るしかなかった。

「このっ！　卑しい平民の子供が！　図々しくも、貴族の家に上がり込むなんて……！　貴方は部屋に閉じこもって、勉強だけしていれば良いのよ……！　所詮、貴方はドレイクの代替品に過ぎないんだから！」

そう言って、ナターシャ男爵夫人は俺の体を蹴りつける――――それも、ヒールで。

ヒールで何度も蹴りつけられて、痛くない訳がない。俺は唇を噛み締めて、痛みに耐えるしかなかった。

そんな時、不意に長男のドレイクが廊下を通り掛かる。

俺とかなり年の離れた長男は実母が義弟に暴力を振るう姿を見ても、全く意に介さなかった。チラッと視線を向けるだけで、何も言わずに立ち去っていく。

それがクライン男爵家長男のドレイクだった。

それから、ナターシャ男爵夫人が満足するまで暴力を振るわれた俺は痛む体を押して、自室に戻るのだった。

俺の部屋は一番狭い屋根裏部屋で、使用人が使う部屋よりも遥かに狭く、汚い。またこの部屋には大量の本と古いベッド、それから洋服を収納するクローゼットしかなかった。

俺はタワー状に積み重なった本の山から、一冊の本を手に取る。

『帝国史　Ⅵ』と書かれたそれは帝国の歴史を綴《つづ》った教科書だった。ドレイクがもう要らないとのことで、引き取った本である。

俺にも一応講師から教えを請う機会はあるものの、ドレイクのついでに勉強を見てもらっているだけなので、そこまで時間は多くない。ドレイク用に取っておいた講義時間の余りを俺に回してもらっている感じだ。

お零れ同然の講義時間である。

だが、俺がドレイクのお零れを貰ってまで、必死に勉強するのにはある一つの理由があった。

俺はこの家も、暴力を振るうナターシャ男爵夫人も、見て見ぬふりをする使用人やドレイクも嫌いだ。でも――――俺を引き取ってくれた実の父親ドミニク男爵には感謝している。

外交官の彼はなかなか家に帰ってこないし、帰って来たとしても直ぐにまた家を空けてしまうため、きちんと話したことはない。でも、孤児になりかけた俺を救ってくれたことには恩を感じていた。

少しでも彼に恩を返すため、俺は今出来ることを精一杯やろうと、勉強に打ち込んでいるのだ。

これが俺の生きる理由であり、理不尽な環境に耐え続けるための心の支えでもある。

いつかゆっくり話せる機会が出来たら、ドミニク男爵に……いや、父上に必死に覚えた知識を披露しよう。

俺も役に立つんだと……父上に知ってほしい。

そんな思いを抱え、俺は分厚い本を開いた。

――――それから五年の歳月が経ち、長男のドレイクが父の仕事を引き継いだ頃、父と顔を合わせる機会がやっと巡って来た。

この再会は偶発的に発生したものではない。俺が計画を練りに練って引き起こした再会だ。

というのも、ナターシャ男爵夫人の目を掻い潜って再会する必要があったからだ。

彼女が居ると、直ぐに『部屋に戻りなさい！』と怒鳴られてしまうからな。だから、どうしてもナターシャ男爵夫人が居ない時じゃなければならなかった。

ナターシャ男爵夫人の今日の予定はハーバート伯爵夫人のお茶会に参加すること。

ハーバート伯爵夫人は顔が広い女性のため、上位貴族もこのお茶会に参加する可能性は高い。上位貴族とのコネを作るためにも、彼女はきっと夜まで帰ってこない筈……。父と接触するなら、今しかない！

そう判断した俺は屋根裏部屋から、そっと抜け出した。使用人の目を掻い潜りながら、何とか父の執務室まで辿り着く。

普段は特に意識していなかった、この執務室の扉が今はとても大きく見えた。

この扉の向こうに父上が……！　やっと、ゆっくり話が出来る……！

胸に沸き立つ高揚感に押されるまま、俺は部屋の扉をノックした。

「お、オーウェンです！　父上！」

「……オーウェン？」

扉の向こうから、聞き覚えのある低い声が聞こえた。懐かしい声に胸に高鳴らせれば、直ぐに部屋の扉が開く。

そこには――夢にまで見た父、ドミニク男爵の姿があった。

やっと……やっとだ！

やっと、ここまで漕《こ》ぎ着けた……！　何年も理不尽な環境に耐え続けた努力が今やっと報われる！

そんな淡い妄想を抱く俺だったが――その期待は大きく裏切られることになる。

「オーウェン……？　あぁ、あのメイドとの子か。まだ生きていたんだな。もうとっくに死んでいると思っていたが……。でも、そうか……まだ生きていたのか……」

「えっ……？」

とっくに死んでいると思ってた……？　そ、それはどういう意味だ……？

全く予想だにしなかった事態に、俺の頭はついていけない……。そんな俺を嘲笑《あざわら》うかのように、父は残酷な言葉を浴びせた。

「ドレイクの替え玉として引き取ったが、まだ生きていたんだな……。ナターシャの虐待で死んでいるのかとばかり……まあ、良い。長男のドレイクが成人して、代替品は不要となったんだ。お前はもう生かしておく価値もない。だから――私自らの手で殺してやろう」

告げられた言葉はあまりにも冷たくて……突きつけられた現実は残酷過ぎた。

今までずっと父に恩を返すために生きてきたのに……その父はもう俺は必要ないと言う。結局こいつも自分のことしか考えられないクズなのだと……俺はようやく思い知らされた。

呆然と立ち尽くす俺を他所に、父は火炎魔法を展開させる。ドミニク男爵が俺に向けた目には軽蔑が込められていた。

――嗚呼、こいつも俺を卑しい平民の子供だと思っているのか。

こいつもそうやって、俺を嘲笑うのか……。こいつも他の奴と同じように俺を蔑むのか……。

そう気づいた時、俺の中の何かがプツンと切れた。

刹那、俺の体が半透明な何かに包まれる。

絶望を味わう俺に、父は情け容赦なく火炎魔法を発動させた。だが――父が発動させた火炎魔法が俺を害すことはなかった。

何故なら――俺を包み込んだ半透明の物体が父の攻撃を拒んだから……。

どうやら、俺は今になって結界魔法の才能に目覚めたらしい……。でも、今更こんな力があっても意味はなくて……。

「――いや、意味なんてどうでもいい。ただ俺は……」

――ここから、逃げ出したい。

そんな思いに押されるまま、俺はこの場から……いや、クライン男爵家そのものから逃げ出した。

後ろで俺を呼び止める声が聞こえたが、俺はそれでも気にせず走った。

もう悪魔みたいな家族も、卑しい平民の子供だと見下す貴族も、独裁的な貴族社会も……全部全部要らない！

欲しいもの一つ手に入らない世の中なんて、壊れてしまえばいい。虐待で裁かれない貴族なんて、全員居なくなればいい。貴族に都合のいいルールなんて、灰のように燃え尽きてしまえばいい。

「うぁぁあぁあぁあああぁぁぁああ！」

処理出来ない感情を乗せて叫んだ大声は、昼間の太陽を少しだけ……ほんの少しだけ怯ませた気がした。


その後、運よく団長と巡り会えた俺は『烈火の不死鳥』団に入団し、家族と上手く距離を取ることが出来た。

今の俺はクライン男爵家と戸籍上の繋がりしかない。目に見えない俺と家族の絆は吹けば飛ぶような軽いものだった。

一応、年に二通ほど父や兄から手紙が届くが、俺はその手紙を開封することはなかった。あんな紙切れ、いつも破り捨てるか焼き捨てるかだ。

――――俺は閉じていた目を開けると、小窓から月を眺める。柔らかい光を地上に落とす月はなんだか優しく感じられた。

あの日から、俺は貴族として必要な礼儀作法もマナーも捨てた。

貴族のマナーに従ったら、負けな気がしたのだ。

餓鬼みたいに小さな、本当に小さな抵抗。でも、それが俺の出来る精一杯だった。

「……お嬢、ごめんな……」

アンタは俺みたいな私生児とは違うのに……きちんと愛されて育った子供なのに……勝手に同情して、仲間意識を抱いて、訳も分からず暴走した。

でもな、お嬢……これだけは言わせてくれ。

アンタは俺の個人的な事情なんて、どうでもいいかもしれないが、俺はただお嬢を……。

「――――守りたかったんだ……」

ボソッと呟かれた独り言は小さく、一人ぼっちの空間に溶け込んでいった。

◇◆◇◆

建国記念パーティーの翌日。

私は花嫁修業の一貫として、裁縫に取り組んでいた。シーンと静まり返る室内で、私はハンカチに刺繍を施す。

真昼の暖かい日差しが私の手元を照らし出した。

……結局昨日、私はオーウェンを護衛騎士として残すことに同意してしまった。いや、同意したのは別に良いの。そこに後悔はないわ。

でも、同意した理由がオーウェンの過去に同情したから、なんて……貴族らしからぬ行いだわ。感情的な理由で物事を判断するなんて、私もまだまだね。まあ、オーウェンを解雇しようとした理由も個人的なものだけれど。

結局のところ、どちらに転んでも私が貴族として相応しい判断は出来なかったという訳だ。

一晩たって、冷静さを取り戻した今だから断言出来る……昨日の私は全くもって冷静じゃなかった。

「はぁ……私もまだまだね」

貴族としても、淑女としても、そして――――一人の人間としても……私はまだまだ未熟だわ。

刺繍する手を止め、私はそっと目を伏せる。

春の日差しのおかげで暖かい筈なのに、今は何故か肌寒く感じられた。

「――――そうですか？　俺はその刺繍、凄く上手だと思いますけど」

そう言って、ソファの後ろからひょこっと姿を現したのは騎士のコレットだった。

重そうな鋼の鎧を身に纏い、腰から剣をぶら下げる彼はオーウェンの代理として、私の護衛を引き受けてくれている。

本当は貴族出身の護衛騎士が好ましいのだけれど、過激派の動きを考えて、派閥問題とは無縁そうな平民の騎士が選ばれたのだ。

「ありがとう、コレット。刺繍なんて久しぶりだから、上手く出来ているのか不安だったのよ」

ふわりと柔らかい笑みを浮かべる私は息を吐くみたいに自然に嘘をつく。この無垢で優しい青年には私の汚い部分を見せたくなかった。

「安心してください、カロリーナ様！　本当に凄く上手ですから！　それに団長なら、どんな物でも喜んで受け取ってくれると思いますよ！」

「そうね、エドワード皇子殿下ならどんな物でも喜んで……ん？　何でエドワード皇子殿下？」

「え？　何でって……そのハンカチ、出来上がったら団長に渡すんですよね？」

当然のように、まるで決定事項のようにそう尋ねてくるコレットはキョトンした表情を浮かべていた。

え？　これをエドワード皇子殿下に？　花嫁修業で作った試作品を？　えっ……？　帝国には花嫁修業で作った試作品の刺繍入りハンカチを殿方に渡す文化でもあるの？

セレスティア王国にも刺繍入りハンカチを殿方に渡す文化はあったけど、花嫁修業で作った試作品を渡す文化はなかったわ。まあ、試作品のハンカチを家族に渡す令嬢は何人か居たけど……。

「コレット、一つ聞きたいのだけれど……帝国には花嫁修業で作った刺繍入りハンカチを殿方に渡す文化でもあるの？」

もし、そうなら今すぐ作る直さなきゃいけないわ。さすがにライラックの刺繍が施されたハンカチを婚約者であるエドワード皇子殿下に渡す訳にはいかないもの。

何故なら――――ライラックの花言葉は『友情』と『思い出』だからである。

後者はさておき、前者は確実に婚約者に送るべき花言葉ではない。だって、こんなの『貴方を愛すつもりはありません』と言っているようなものだもの。愛のない政略結婚とはいえ、これを婚約者に贈るのは失礼にあたる。

『どうせ、試作品だから』と適当なものをテーマにしたのが間違いだったわ。

「別に文化ってほどじゃありませんけど、花嫁修業で作ったハンカチを恋人や家族に渡す習慣はありますね。ただ皇后陛下が花嫁修業で作ったハンカチを皇帝陛下に渡したっていうエピソードが国内に広まってからは家族より恋人に渡す人が多くなりましたけど」

「そう。なら、作り直すわ」

「え？　そのままでも十分上手だと思いますよ？」

「いや、技術面の問題じゃないのよ……」

「？」

如何《いか》にも花言葉に興味なさそうなコレットはコテンと首を傾げた。

ヴァネッサ皇后陛下がその流行を作ったのなら、皇族に仲間入りする私もその流行に乗らないといけないわ。少し勿体ない気もするけど、また一から作りましょう。

中途半端なところまで出来上がったライラックのハンカチをテーブルに置き、新しいハンカチを手に取る。

真っ白なそれに何を刺繍しようか悩みながら、刺繍糸に目を向けた。

「……カロリーナ様」

「何？」

まだ何か私の知らない文化や習慣があるのかしら？　だとしたら、帝国の刺繍文化はかなり奥が深そうね。

何の気なしにコレットの方へ目を向ければ、彼がその場で跪《ひざまず》く姿が目に入った。

えっ……と？　これはどういう状況かしら？

「カロリーナ様、無礼を承知で申し上げます。その作りかけのハンカチをオーウェンさんに渡して頂けないでしょうか……？」

「このハンカチをオーウェンに？」

「はい。騎士にとって、護衛対象からの贈り物は名誉そのものです。特にご令嬢から頂く手作りのハンカチは特別な意味を持ちます。完成したハンカチは『貴方の素晴らしい働きに感謝する』という意味を持ち、未完成のハンカチは『まだ未熟だが、貴方の頑張りは評価に値する』という意味を持ちます。完成したハンカチを渡された騎士は変わらぬ忠誠と働きを誓い、未完成のハンカチを渡された騎士はより一層の努力と精進を誓います。ですから……オーウェンさんにそのハンカチを渡してほしいんです」

先輩思いのコレットが語った帝国の文化と伝統に、私は『なるほどね』と返す。

ハンカチ一つにそんな深い意味があったなんて……全然知らなかったわ。

セレスティア王国でも、狩り大会で参加者である騎士にハンカチを渡す文化はあったけど、そんな深い意味はなかった。ただ『頑張ってね』という意味で渡していた。

だから、帝国の文化には興味がある。

でも――――私なんかがオーウェンにハンカチを渡す資格があるのかしら？

確かにオーウェンはまだまだ未熟だ。軽率な行動が多く、よく周りに迷惑をかけている。

今回の騒動だって、オーウェンが冷静に立ち回っていれば、上手く対処出来た筈だ。

でも、彼は――『カロリーナ・サンチェスの護衛騎士』としては素晴らしい働きをしていたと言える。

護衛騎士の最重要任務は護衛対象を守ること。オーウェンはその任務を立派に果たしていた。

もちろん、彼の取った行動や選んだ方法が最善だったとは思わない。もっと方法があったと思うし、他の騎士と連携して動けば行動の幅も広がった筈だ。

だから、彼の取った行動が正解だったとは思わない。でも――不正解とも言えないのが現状だった。

対する私はどうだろう？

きちんと冷静に対処出来ていただろうか？　感情が昂って、オーウェンを責めていただけではないだろうか？　もしも、あの時エドワード皇子殿下とテオドール様が来てくれなかったら……私はあの場を上手く収めることが出来ただろうか？

私は――エドワード皇子殿下の婚約者として、正しい行動を取っていただろうか？

「私にこのハンカチをオーウェンに渡す資格はないわ。だって、私は彼よりずっと未熟なのだから」

小さく首を振って、コレットの申し出をやんわり断る。

が――それでも、この素直で真っ直ぐな青年は引き下がらなかった。

「どっちの方が未熟とか、どっちの方が劣ってるとか、そんなの比べる必要はないんです！　あくまでそれは個人の問題ですから！　誰かと比べたり、順位をつけたりする必要はありません！」

「でも……」

「お願いです！　カロリーナ様！　オーウェンさんには努力するための……いえ、変わるための力がないんです！　あの人は空っぽだから……前に進むための力を持っていないんです！　やれば出来る人なのに……！　あの人は頑《かたく》なに前に進もうとしない！　でも、今ならっ……！　オーウェンさんの心が揺れている今なら、前に進むことが出来るかもしれないんです！」

前に進むための力、か……。

確かにオーウェンは過去に囚われ、一向に前へ進もうとしない。それは彼の過去を聞いて、よく分かった。

でもオーウェンはそれを望んでいるのだろうか？　ずっと過去を恨み続けて、生きていく方が楽なんじゃ……。

――いや、それは違う。

それは私の決めることじゃない。オーウェン自身が決めることだ。彼の考えは彼自身にしか分からないのだから。

もしも、オーウェンが変わりたいと思っているなら……私は彼の主として、手を差し伸べるべきじゃないだろうか？

私は真っ白な布をテーブルに置き、未完成のハンカチを再び手に取る。

「分かったわ。オーウェンにこのハンカチを渡しに行きましょう。でも、前に進むかどうかはオーウェン次第よ」

跪く臨時の護衛騎士に、私はそう言ってソファから立ち上がった。

◇◆◇◆

『善は急げ』という言葉に倣い、早速行動を開始した私はコレットに案内されるまま、騎士団本部の取り調べ室前まで来ていた。

『使用中』の名札がぶら下げられた、この扉の向こうにオーウェンが居る。

昨日さんざん文句を言ってしまった手前、入りづらいわね……。

今更だけど、どんな顔をしてオーウェンに会えばいいのかしら？

ドアノブに手を掛けた状態で固まる私は一人悶々と考え込む――――が、ノリと勢いで生きていそうなコレットがそれを許す訳がなく……。

「カロリーナ様、扉の前で立ち止まってどうかしたんですか？　早く中に入らないと、日が暮れちゃいますよ？」

「あっ、いや……ちょっと心の準備が……」

「あははっ！　そんなに身構えなくても大丈夫ですよ！　相手はオーウェンさんですし！　誰も入ってこないよう、きっちり見張っておくので早く中に入っちゃってください！」

「えっ？　あ、ちょっ……！」

押しの強いコレットは流れるような動作で部屋の扉を開けると、その中に私を押し込む。そこに『遠慮』や『気遣い』と言った言葉はなく、彼は無情にも部屋の扉を閉めてしまった。

『それでは、ごゆっくり～』というセリフが扉の向こうから聞こえる。

い、いやいや！　何が『ごゆっくり～』よ！

全然ゆっくり出来ないわよ！　こっちはまだ心の準備だって出来ていないのに！　大体、令嬢を無理やり部屋に押し込めるなんて！　しかも、妙に手馴れてたし！　貴方は人を部屋に押し込めるプロか何かなの!?

「――――お嬢？」

コレットに対して、扉越しにジト目をお見舞いしていれば、背後から聞き慣れた男性の声が聞こえた。

その声は言うまでもなく、オーウェンのものだ。

はぁ……仕方ない。ここまで来たなら、覚悟を決めるしかないわ。

逃走を諦めた私は『ふぅ……』と一つ息を吐き、一思いに後ろを振り返る。

一日ぶりに見るライム色の髪の青年は僅かに目を見開き、驚いたようにこちらを見つめていた。

「うわっ！　マジでお嬢かよ。こんなところに何しに来たんだ？　まさか、お嬢の意思でここに来た訳じゃねぇーよな？　俺を嫌うアンタがわざわざここに来る意味がな……」

「そうだと言ったら？」

「はっ？」

「そうだと言ったら、どうするの？」

相変わらずと言うべき、オーウェンの態度にこちらも強気で返す。

昨日の名残のようなものが残っているのか、私は強気な態度でオーウェンの前に立っていた。

反省の色が全く見えないオーウェンを見て、少し腹を立ててしまったけれど、本当の自分を隠したがる彼のことだから、実は反省しているかもしれない。少なくとも、昨日の彼は自分が引き起こした騒動と私の叱咤に酷くショックを受けていたようだから……。

ちょっと、言い過ぎたかしら？

そんな心配をする私を他所に、椅子に腰かけていたオーウェンは背もたれに身を預ける。

「ふ～ん？　で、何しに来たんだ？　用件は？　昨日の騒動のことか？　謝罪を求めているなら素直に応じるけど、アンタはどうし……」

「違うわ。貴方に謝ってほしくて、ここに来た訳じゃない。昨日の騒動について思うところはあるけど、貴方は私の護衛騎士として正しい行動を取ってくれた。『護衛対象を守る』という観点において、貴方の行動は間違っていなかったもの」

「……」

小さく首を振って彼の申し出を拒めば、オーウェンは訝《いぶか》しむような視線を向けてきた。

それもそうだろう。何も知らないオーウェンにとって、私がここに来る理由など、それしか思い当たらないのだから。

なんて切り出せばいいのかしら……？

いきなり、このハンカチを渡すのもおかしな話よね。皮肉めいた考え方しか出来ないオーウェンにいきなりハンカチを渡したところで、本当の意味なんて理解しないだろうし……。

でも、そうなるとオーウェンに『貴方の過去を聞いた』と告白しないといけない訳で……。だって、何も知らない筈の私が『貴方は前に進みたいと思ってる？』なんて聞ける訳がないもの。その質問をした時点で、勘のいいオーウェンは誰かが自分の過去を話したと推測するだろうし。

はてさて、どうしたものか……。

ここで引き返すのは気が引ける。

どうにかして、私が彼の過去を知っている事実を隠さなくては……って、ん？　ちょっと待って？　私、今――嘘や隠し事で塗れた言葉を使って、彼の本音を引き出そうとしていた？

それって、凄く……そう、凄く――失礼なことじゃないかしら？

相手の本音を知りたいなら、こちらも本音で話すべきだ。嘘や隠し事をしながら、相手の本音《心》に触れようだなんて……あまりにも失礼すぎる。

それ相応の誠意と覚悟を見せるためにも、嘘や隠し事はしない方が良い。

でも本音で話をするのは怖い……。だって、胸に秘められた本音はとても汚いから……。そして、私の本音はきっと――彼を深く傷つけてしまうから。

でも……それでもっ！　オーウェンを変えられるのが今しかないのなら、私は胸に秘められた汚い本音を曝け出そう。

「オーウェン、実は私――――テオドール様から、貴方の過去の話を聞いたの」

「!?」

『予想外だ』と言わんばかりの表情を浮かべるオーウェンはサンストーンの瞳をこれでもかってくらい、大きく見開いていた。

あの『守秘義務』の化身と言っても過言ではないほど真面目なテオドール様が口を滑らせたのだ、驚くのも無理はない。

私は大きく揺れる二つの瞳を前に、ギュッと拳を握り締める。

――――オーウェン、私はこれから貴方に酷いことを言うわ。

「私は貴方の過去を聞いて、正直――――同情したわ。可哀想だなって思った。実の父親に殺されかければ、そりゃあ捻くれるわよねって……妙に納得してしまった」

「っ……！　うるせぇ！　アンタの同情なんて、求めてない！　俺は可哀想な子供なんかじゃっ……！」

背もたれに預けた身を起こし、備え付けのテーブルにダンッと強く拳を打ち付けたオーウェンは私のことを睨み付ける。

オレンジ色の瞳が今だけ、燃えるような赤い瞳に見えた。

「勝手に同情なんかすんじゃねぇーよ！　アンタに可哀想とか言われる筋合いもねぇ！　別に俺は誰の同情も求めてなんか……」

「――――なら、何で幸せになろうとしないの？」

「はっ？　何の話……」

「だから、何で幸せになろうとせずそのままで居るのって聞いているの！」

少しでもオーウェンの心を揺さぶるため、私は『はしたない』と理解しつつも、バンッとテーブルを叩く。

少し勢いが良すぎたのか、手の平がジンジンと痛み、熱を持っていた。

「貴方は過去に囚われて、一向に前へ進もうとしない！　その状態で『同情するな』『俺は可哀想な子供じゃない』なんて言われても説得力がないわ！」

「っ……！」

「もしも、本当に同情を求めていないのなら……ううん、周りから向けられる同情の視線を煩わしいと思っているのなら――辛い過去なんて霞んで見えるくらい、幸せになりなさい！」

そう、ただ幸せになればいい。

そうすれば、貴方の過去を知っている人たちも同情しなくなる。幸せそうに笑うオーウェンを見れば、誰も貴方を『可哀想な子供』だと言わなくなる。誰もが貴方を『辛い過去を得て、幸せになった男』だと言い、成功者として語り継がれるだろう。

でも――今のオーウェンは全くもって幸せそうに見えない。

いつもお気楽に、楽しそうに振る舞っているものの、貴方の行動の裏にある感情を読み解いた瞬間、同情が溢れ出すから。

オーウェンが貴族らしい振る舞いをしない理由に気づいた途端、可哀想な子供だと認識を変えてしまうから。

――――実際、私がそうだったように……。

「オーウェン、私ね……最初は貴方のこと、貴族社会やルールに縛られない自由な人だと思っていたの。周りの目を気にせず、好きに振る舞う貴方を見て、ほんの少しだけ羨ましかった……でも――――」

私はそこで言葉を区切る。

テーブルの上に置いていた手を離し、私は椅子に座る彼の前まで歩み寄った。じっとこちらを見つめてくるサンストーンの瞳を見つめ返しながら、彼の頬にそっと手を添える。

「でも――――貴族社会やルールに一番縛られていたのは……貴方だった」

「っ……！」

「貴方はただ子供みたいな抵抗をしているだけで、自由な訳じゃなかった。『嫌だ嫌だ』と駄々を捏《こ》ね、無様に足掻いているだけ。こんなことしたって、何も変わらないと分かっていながら貴方はまだ過去に囚われ、必死に足掻いている……」

「っ……！　るせぇ……」

消え入りそうな声で『うるさい』と言うのが精一杯なオーウェンは震える手をギュッと握り締めた。

本当はもうオーウェンだって、分かっている。

こんな抵抗やめるべきだと……。でも、彼には変わるための力と背中を押してくれる誰かが居なかった。

私がその『誰か』になれるかは分からない。

オーウェンのことだから、『アンタには関係ないだろ！』と突っぱねる可能性の方が高いだろう。

それでも、彼が一歩前に踏み出すには心が大きく揺れている今しかないから……私がこの言葉を言わせてもらうわ。

「――――オーウェン、もう終わりにしましょう。この小さな抵抗も、辛い過去に囚われるのも……」

そう言って、私は手に持つハンカチを彼に差し出した。

作りかけのライラックの花が彼と私の未熟さを表している。

「オーウェン、貴方が一流の護衛騎士になれたら、この刺繍の続きをやってあげる――――って、未熟な私が偉そうに言うのもなんだけど……」

照れ隠しついでにポリポリと頬を掻き、沈黙するオーウェンを見下ろした。

俯く彼の表情は見えず……何を考えているのか、さっぱり分からない。でも、直ぐに手やハンカチを撥ね退けないことから、嫌がっている訳ではないのだと理解出来た。

でも、嫌がっていない＝私の説得に耳を貸しているって訳じゃないものね。正直ここまで言ってもダメなら、私はお手上げだわ。

静寂がこの場を支配する中、時間だけが過ぎていく。

さっきまでの饒舌が嘘のように私も固く口を閉ざした。

今、オーウェンの中ではどんな考えが巡っているのだろうか？

「……なあ、お嬢」

「何？」

「お嬢は俺を可哀想な子供だと思うか？」

自分の認識を確認するかのように、オーウェンはその質問を投げかけてくる。

一瞬なんて答えようか迷ったものの、私は素直な気持ちを口にした。

「ええ、とても可哀想な子供だと思っているわ」

どこまでも穏やかに……そして、出来るだけ丁寧に答えれば、また僅かな沈黙が流れる。

そして――――。

「はぁー……ったく、しょーがねぇーなぁ。お嬢に可哀想な子供扱いされるのは癪《しゃく》だし、ここらでいっちょ本気出してやるかぁ。誰もが認める完璧な護衛騎士になって、お嬢を守ってやるよ！」

パッと顔を上げたオーウェンは子供のような無邪気な笑みを浮かべて、確かにそう宣言した。

私の手からハンカチを受け取り、椅子から立ち上がると、その場で跪く。今までに一度だって跪いたことがない、あのオーウェンが私の前で跪いたのだ。

まだ彼は『過去と向き合う』とも、『過去を乗り越える』とも言っていない。でも……これが彼なりの答えだった。

オーウェンは私の左手を手に取ると、その上にハンカチを重ねる。

「我が主カロリーナ・サンチェス公爵令嬢様、私オーウェン・クラインの剣と忠誠を貴方に捧げます。この命朽ち果てるまで、貴方を守り抜くと誓いましょう。私の全ては貴方様のために……」

騎士の誓いと呼ばれる言葉を口にしたオーウェンは私の手の甲に……もっと言うと、作りかけのハンカチに軽いキスを落とした。

布越しにオーウェンの柔らかな唇の感触が伝わってくる。

この誓いは騎士にとって最も重い誓い……。たった一人の主と定めた人にしかやらない誓いだ。

生半可な気持ちでして良いものじゃない。

前までの私なら、『軽い気持ちでやっていいものじゃないのよ』とオーウェンに注意していただろう。

だって、お調子者のオーウェンが騎士の誓いなんて立てる訳がない――――と思い込んでいたから。

でも、今は違う。

不思議と彼の言葉は嘘じゃないと言い切れる自信があるから。まあ、何でわざわざハンカチの上からキスしたのかは分からないけど……でも、この誓いに嘘はないわ。

私は覚悟の籠った目で見上げてくるオーウェンを見下ろし、真剣な表情で彼の気持ちに応えた。

「ありがとう、オーウェン。貴方の頑張りに期待しているわ」

――――この騎士の誓いがオーウェンの長い人生における輝かしい第一歩となった。

最終章

オーウェンが騎士の誓いを立ててから、数日が経った。

護衛騎士は相変わらず、代理として呼ばれたコレットだが、それ以外に特に変わった点はなく、私は花嫁修業に勤しんでいる。

本当は花嫁修業以外にもやることがあるのだけれど、今皇室は建国記念パーティーの後片付けと刺客を送った真犯人の捜索で忙しいため、私のことにまで気を回す余裕がないのだ。

そして、正直なところ……花嫁修業は特にやることがない。

一般的に貴族の花嫁修業は文学・芸術・音楽・歴史・礼儀作法・マナーだけなのよね。一見やることが多いように見えるけど、これらの知識や経験は各家の英才教育で習得済みのため、実質やることがあまりない。

私の場合、他国に嫁ぐ訳だから他の令嬢より習うことは少し多くなるけど、それだって誤差の範囲内だった。

「はぁ……やることがないと、暇でしょうがないわねぇ……」

「ですね～。暇すぎて、警戒心が緩んじゃいそうです。護衛騎士って、意外とやることが少ないんですね」

「まあ、何かトラブルが起きない限り、護衛対象の傍に居るだけだしね。護衛対象が頻繁に外出するとかだったら、話は別だけど」

「俺はたくさん体を動かしたい男なんで、忙しい方が好きですね！」

いつものようにハンカチに刺繍を施しながら、私はコレットとの軽い雑談を楽しむ。口数が多く、年の近いコレットは比較的話しやすかった。

「忙しい方が好きなんて、コレットも結構変わっているわね。まあ、暇すぎるのも考えものだけれど」

刺繍する手を止めた私は余分な糸を切り、完成したハンカチを広げる。

ここ最近刺繍ばかりしていたせいか、予定より早く出来上がってしまった。

……うん、大丈夫そうね。特にミスはなさそう。

一級品の素材を使っただけあって、売り物みたいに綺麗に出来たし。

完成したハンカチを見て満足げに微笑むと、私はサッとソファから立ち上がった。

「じゃあ、暇潰しついでにエドワード皇子殿下にこのハンカチでも渡しに行きましょうか。喜んでくれるかは分からないけれど……」

「わあっ！　行きましょう、行きましょう！　きっと喜んでくれますよ！　団長はカロリーナ様からの贈り物なら、木の枝でも喜んで受け取ってくれますから！」

「き、木の枝って……」

さすがに心優しいエドワード皇子殿下でも、木の枝一本じゃ喜んでくれないでしょう……。第一、婚約者に木の枝を渡す女性なんて居ないわ。

でも、まあ……コレットのおかげで自信がついたわ。ありがとう。

「とりあえず、騎士団本部へ向かいましょうか」

◇◆◇◆

完成した刺繍入りハンカチを渡すため、部屋を後にした私はコレットに案内されるまま、騎士団本部へと足を踏み入れた。二階の一番奥にある角部屋の前で、私たちは立ち止まる。

このシンプルな造りの建物内では比較的珍しい金色の派手な扉だった。

「団長は今、書類仕事を片付けているところなので、入っても問題ないと思います。今日は会議もありませんし」

「そう。分かったわ。コレットはここで待っていてくれる？」

「はい！　勿論です！　団長とカロリーナ様の時間を邪魔しないよう、ばっちり見張っておきます！」

「いや、別に見張りとかは大丈夫なのだけれど……ただハンカチを渡すだけだし」

直ぐに戻ってくる予定だから、外で待っていてって言っただけなんだけど……なんか、微妙にコレットと会話が嚙み合っていない気がするのは気のせいかしら……？

「見張りのことは俺に任せて、カロリーナ様は早く中に入ってください！　ほら、団長が待っていますから！」

「え、ええ……」

『どうぞどうぞ』とばかりに入室を勧めてくるコレットに押されるまま、私は部屋の扉をノックした。

　すると、直ぐに『入れ』という返事が返ってくる。

　およそ、三日ぶりとなるエドワード皇子殿下との対面に私は少しだけ……本当に少しだけ胸が高鳴っていた。

「し、失礼します……」

　そう一声かけてから、金色の豪華な扉を開く。

　部屋の中には大量の書類で埋もれるエドワード皇子殿下の姿があった。

　うわぁ……書類の数が想像以上にえげつないわね。来客用のテーブルやソファまで書類で埋まっているじゃない。まあ、一番酷いのはエドワード皇子殿下のデスクだけど……。

　もはや、あれは書類の山と言うより、書類の壁ね……。

　私の方には目もくれず、げっそりとした顔で書類仕事を進める赤髪の美丈夫は今にも死にそうであった。

「あ、あの……エドワード皇子殿下、突然の訪問お許しください。まさか、こんなに忙しいとは思わなくて……」

「ん……ああ、書類はそこに置いて行ってくれ」

「え、っと……？　書類、ですか……？」

「書類を届けに来たんだろ？　そこら辺に置いておいてくれ。俺は今、大嫌いな書類仕事とカロリーナ不足で気が立っているんだ」

「えーと……私はそのカロリーナですが、これは早めにお暇《いとま》した方が良さそうですね」

「!?」

パッと弾《はじ》かれたように書面から顔を上げたエドワード皇子殿下は扉の前に立つ私を食い入るようにじっと見つめていた。

その目が若干血走っているのはきっと私の気のせい……だと思いたい。

エドワード皇子殿下が書類仕事を嫌っているのは知っていたけど、『カロリーナ不足』って何かしら？　建国記念パーティー以来忙しく、会えなかったことに関係している？　それとも、私に何か足りないところでもあるのかしら？　『不足』って言うくらいだし……。

エドワード皇子殿下の言葉の意味がいまいち分からない私は困惑気味に彼を見つめ返した。

赤髪の美丈夫は無言で席を立つと、ポーカーフェイスを保ったまま、私の前までツカツカと歩み寄ってくる。

「え、あの……？　エドワード皇子殿下……？」

何かを確かめるみたいに私の周りをグルグル回るエドワード皇子殿下に、私は更に困惑した。

も、もしかして……ハンカチを渡すだけだからと、ファッションに手を抜いたのがバレた……？

殿方としては、たとえ短時間であったとしても綺麗に着飾った婚約者と会いたいわよね……。私としたことがそんなことにも気づけないなんて……。淑女失格だわ。

「あ、あの……エドワード皇子殿下、このようなお見苦しい姿をお見せして申し訳ありません。今度からはもっとファッションに力を入れますね。ハンカチを渡すだけだからと、少し手を抜き過ぎました」

「……ん？　ファッション？　別に服なんて、カロリーナの着たいものを着ればいい。服装にまで口を挟む気はない。私はただ――君が本物のカロリーナなのか確認していただけだ」

「か、確認……？　えっと、ご安心ください。私はエドワード皇子殿下の婚約者である、カロリーナ・サンチェス本人です」

私の周りをグルグル回っていたエドワード皇子殿下はピタッと足を止めると、私の顔をまじまじと見つめる。そして、納得したように頷いた。

「……確かにカロリーナ本人のようだな。それで、用件はなんだ？　時間に余裕があるなら、このあとお茶でも……いや、その前にカロリーナを部屋に送るのが先か……？　って、それは最後か」

「……エドワード皇子殿下は大分お疲れのようですね」

言っていることが支離滅裂というか、やることとやりたいことの順番がぐちゃぐちゃというか……まあ、とにかく凄く疲れていることは理解したわ。

「とりあえず、別室で休みましょうか。その状態で仕事を続けても意味がないでしょう」

どこか不安定な足取りをするエドワード皇子殿下を支えるため、首の後ろに彼の腕を回し、背中にそっと触れた。

女の私より、遥かに大きい彼の体は物凄く重い。

部屋の出入り口の他にもう一つ扉があった筈……恐らく、その扉が仮眠室か何かに繋がるものだわ。特権階級に位置する者たちはよく執務室の隣に仮眠室や休憩室を設けているから……。

最悪、横になれるソファくらいはあるでしょう。

『さあ、行きましょう』と声をかけ、エドワード皇子殿下を動かそうとするが――――彼はピクリとも動こうとしなかった。

「え、エドワード皇子殿下……？」

「テオたちが犯人確保に赴いている中、私だけ休む訳にはいかない。この短期間で情報と証拠を集めたテオたちの頑張りを思うなら、その頑張りに俺も報いなければ……」

えっ？　もう真犯人の確保に動き出しているの？

真犯人を見つけただけでも凄いのに、確保まで……。それもこの短い間に……。

そんなこと並大抵の人間じゃ出来ないわ。エドワード皇子殿下が『自分も頑張らなきゃ』と思うのも納得がいく。

でも、こんなに疲れてらっしゃるのにまだ働くのは……。

「そう言えば、カロリーナはここへ何しに来たんだ？　ハンカチがどうとか言っていたが……」

「えっ？　あっ、はい！　実は花嫁修業で作ったハンカチを渡そうと思って……すみません、こんなくだらない理由で……」

申し訳ない気持ちでいっぱいになりながらも、私は完成したばかりのハンカチをおずおずと差し出した。

何の感情も窺えないゴールデンジルコンの瞳がただじっとハンカチを見つめている。

今回、私がハンカチに刺繍したものは定番の花でも紋章でもなく――『烈火の不死鳥』団のシンボルである、不死鳥《フェニックス》だった。

赤や黄色をふんだんに使ったそれは令嬢が好むデザインではない。でも――エドワード・ルビー・マルティネスと言われて、真っ先に思い浮かんだのが不死鳥《フェニックス》だったため、これにしたのだ。

皇室の紋章はありきたりだし、花だと花言葉まで気にしないといけなかったから、これが一番手っ取り早かったのよね。

「不死鳥《フェニックス》……うちのシンボルか。よく出来ているな……本当使うのが勿体ないくらい、よく出来ている……」

私の手からハンカチを受け取った赤髪の美丈夫はまるで宝物を扱うみたいに優しく……丁寧にハンカチを広げた。

ゴールデンジルコンの瞳はいつも以上にキラキラと輝いている。

「お褒めの言葉、ありがとうございます」

「ああ……カロリーナはここ最近ずっと花嫁修業を……？」

「ええ、それ以外特にやることもありませんでしたし……」

「……そう、か……花嫁修業を……」

どこか歯切れの悪い返事を返すエドワード皇子殿下に、私は違和感を抱く。

どうしたのかしら？　何か私、不味いことでも言った？　ただ花嫁修業に時間を費やしていると
しか言っていないと思うけど……。

エドワード皇子殿下の違和感のある態度に困惑する私だったが、その理由は直ぐに判明する。

何故なら――彼が本音を打ち明けてくれたから。

「なあ、カロリーナ――君は私と結婚するのが怖くないのか？」

エドワード皇子殿下と結婚するのが怖くないのか、ね……。

これはまた……なんと言うか、踏み込んだ質問をしてくるわね。わざわざ聞かなくてもいい質問
をして来るなんて、貴方は本当に素直で真っ直ぐな方だ。

そして――自ら傷つきに行く馬鹿な人だ。

私はそっと目を伏せると、エドワード皇子殿下の背中から手を離し、彼と向かい合う。

ゆらゆらと揺れる黄金の瞳は心配になるほど、不安定だった。

あぁ、この人もきっと分かっているんだ。

こんな質問をしても、傷つくだけだって……。それでも、『知りたい』と手を伸ばすのはこの人
が誠実で真っ直ぐな人だから。

ならば、私もそんな彼に答えなければならないだろう――嘘偽りのない自分の本音を。

「率直に申し上げます――エドワード皇子殿下と結婚するのはとても怖いです」

「っ……！」

「私は今まで……貴方の婚約者になるまで、命を狙われたことはありませんでした。いつも平和で、穏やかで……比較的安全な環境で育ったからでしょう。だから、スナイパーに命を狙われた時は大袈裟なくらい怯えましたし、自分の部屋に刺客が入り込んだ事実にも恐怖しています。エドワード皇子殿下と結婚することで、その危険がまたいつどこで迫ってくるのか分からない恐怖や不安にも駆られています」

「っ……！　ならっ……！」

「――――でも」

何かに耐えるように歯を食いしばり、震える手で拳を握り締めるエドワード皇子殿下の言葉を私はわざと遮った。

彼にその先の言葉を言わせてはいけないと思ったから。

優しい貴方ならきっと『なら、この結婚は白紙に戻そう』と私に言うでしょう。貴方は誰かのためなら、簡単に自分を切り捨てられる人だから。

そして、この婚約は先日の騒動を利用すれば、簡単に白紙に戻せるから……。

でも、私はそんなこと絶対にしないわ！

「エドワード皇子殿下、私は――――貴方との結婚を白紙に戻すつもりはありません」

「!?」

「確かに命を狙われる恐怖や不安はあります。貴方と結婚するのが怖くないと言ったら、嘘になるでしょう。でも……それでもっ！　私は貴方の隣に立ちたいと思っています！」

私の嘘偽りのない本音を聞き、エドワード皇子殿下の瞳が大きく見開かれる。

こちらを凝視する彼の目には優しく、穏やかな光が宿っていた。

正直、『フローラと会いたくない』とか『ここまで来て、祖国に帰るなんて格好悪い』とか色々私情は入っているけど、エドワード皇子殿下の隣に立ちたいと言う気持ちに嘘はない。

私は貴方の良き妻として、エドワード皇子殿下を支えていきたいと思っているし、優しい貴方の傍にずっと居たいとも思っているわ。

私たちの間に愛はないかもしれないけど、揺るぎない信頼関係はあると思っているから。

だから、エドワード皇子殿下が私を捨てるその日まで私は貴方に尽くすわ。

「ほ、本当か……？　カロリーナは俺の傍に居てくれるのか……？」

「はい。エドワード皇子殿下が私をいらないと切り捨てるその日まで、貴方のお傍に居ます……いえ、居させてください」

「なっ!?　俺がカロリーナを切り捨てることは絶対に有り得ない！　カロリーナさえ良ければ、ずっと俺の傍に居てほしい」

「ふふっ。では、ずっとエドワード皇子殿下のお傍に居させてもらいますね」

「ああ！　是非頼む！」

私の肩を掴み、何度も首を縦に振るエドワード皇子殿下に、自然と笑みが零れた。

先程までの暗い雰囲気が嘘のようにパァッと明るくなる。

何故かしら？　エドワード皇子殿下が大型犬のように見えて、しょうがないわ。見えない尻尾がブンブン左右に揺れているし……私も疲れているのかしら？

なんて考えながら赤髪の美丈夫を見つめていれば、すっかり元気になった彼はソファから書類の山を滑り落とした。

「カロリーナ、もう少しだけここに居てくれ！　君の近況が聞きたい！」

空いたソファに腰を下ろした赤髪の美丈夫はポンポンッと自分の隣を叩き、手招きしてくる。

普段のポーカーフェイスからは考えられないくらい、彼は表情豊かだった。

「それは構いませんが、後でテオドール様に怒られても知りませんからね？」

「ははっ。大丈夫だ。今日の分の仕事はちゃんと終わらせてあるから、テオもそこまで怒らないさ」

いや、私が言っているのは仕事のことじゃなくて、床に落ちた書類の山のことなんですが。

と内心ツッコミを入れながら、エドワード皇子殿下の隣に腰を下ろす。

――――ふわりと香るシトラスの香りに心臓がトクンッと甘い音を鳴らした。

◇◆◇◆

――――カロリーナが幸せな日々を送っている一方、フローラは……自室に引きこもっていた。

何よ……何なのよ!?

何で私の力が弱まっているの!?　しかも、それが『大切な妹が傍から離れて、精神的にダメージを受けたせい』だなんて……!!

絶対に有り得ない!! だって、あの子は私にとって……邪魔な存在でしかなかったんだから!!

私の目の前から消えてくれて、せいせいしているわ!

「でも……何でよりによって、皇族と!」

そう、そこが問題なのだ。

カロリーナが皇族に嫁いだ以上、彼女と私の立場は逆転する。

第二皇子の妻となったカロリーナ妃殿下と公爵令嬢止まりの私……。能力値はさておき、権力的な立場は彼女の方が上。

それがどうしても――我慢ならない!

「私の方が優秀なのに!! 何事も完璧にこなすのに!!」

それなのに最近悪い報告ばかり耳にする。

はしたないと分かりつつも、私は手入れがされた爪を思い切り噛んだ。

「周りからは『早く元気になってください』だの、『妹君が突然居なくなって、不安でしょうが落ち込まないでください』だの言われて、我慢の限界なのよ……!! 確かに周囲には無能で可哀想な妹を思いやる良い姉というイメージを植え付けたけど、こんなの聞いてないわよ!!」

こんなことになるくらいなら、そんなイメージ植え付けなきゃ良かった!!

このイメージを保つためにカロリーナを傍に置き続けた私の苦労が水の泡だわ!!

「まあ、そのイメージのおかげで不調の原因を誤魔化すことが出来たけれど」

正直なところ、私にも不調の原因は分からない。

でも、確かなのは私の精神状態が原因ではないこと。

確かに『卒業旅行に行く』と言って、この地を去ったカロリーナが結婚したと聞いた時は驚いたけど、悲しいとは思わなかった。

感じたのは『邪魔者が居なくなった』という歓喜と『カロリーナの幸せを邪魔出来ない』という悔しさ。

そんな私が『妹が居なくなったから』なんて理由で不調続きになる筈がない。

でも、明確な理由が分からない以上、要らぬ噂を立てぬためにも、この建前は実に都合が良い。

ただこの建前も長くは使えない。

「早急に別の理由を用意するか、原因解明に着手しなくては……」

このままでは、『国を貶《おとし》めるため、わざと力を使わない悪女』だと噂されるかもしれない。

そんな汚名を着せられてなるものですか！　小さい頃からコツコツ積み重ねた努力を……私の完璧なイメージを!!　こんなところで崩す訳にはいかないの！

「そのためには今月に行われる聖女試験を何としてでもパスしなくちゃ！」

この試験さえパスすれば、とりあえず、悪い噂は立たない筈。

でも、そのためには力の衰えを何とか改善しないといけない訳で……。

「嗚呼、もうっ！　これじゃあ、振り出しに戻っちゃうじゃない!!」

爪を噛むのをやめ、私は近くのテーブルをドンッと叩く。

静寂が支配するこの空間にその音はよく響いた。

「でも、原因を解明しないことには改善のしようもないわよね……。今の状態で、聖女試験をパス出来るとは思えないし」

掠り傷一つ治すのがやっとの聖女なんて、聞いたことないもの。

『はぁ……』と深い溜め息を零した私はテーブルに叩きつけた手をそっと膝の上に置いた。

カチコチと掛け時計の秒針の音がやけに大きく聞こえる。

「……私の力が衰え始めた時期はカロリーナがこの国を去った時期と一致する……でも、彼女の旅立ちが私の精神に影響を与えた訳じゃない……ここまでは確か。でも、原因はやっぱり、カロリーナが去ってからの数日間にあるわね」

カロリーナが最後の腹いせとして、私に何かしたとか？　呪術や悪魔契約を使って、私を貶めようとしている……？

いや、魔力のないあの子に呪術も悪魔契約も出来ないわ。

第一、あの子にはそんな度胸も時間もないもの。

お父様の話によると、第二皇子との婚約話はかなり急だったみたいだから。

じゃあ、やっぱりカロリーナが原因じゃない……？　カロリーナの出立とたまたま時期が被っただけで、他の人が関わっている……？

でも、そんなハイリスクなことするかしら？

だって、私の力が衰えればセレスティア王国そのものが危機に陥るのよ？　巡り巡って、自分たちの首を絞めることになるのに、私に危害なんて加えてくる？　セレスティア王国を貶めたい他国の人間なら分かるけど、神聖国に手を出す命知らずなんて居るとは思えない……。

「……考えれば考えるほど、訳が分からなくなるわね」

早くもこんがらがって来た思考に、頭を抱える。天才と謳われる私でも、今回ばかりは骨が折れそうだ。

とりあえず、過去に似た事例がないか調べてみましょう。

そう決意した私はそっとソファから立ち上がった。

書き下ろし番外編　～ある夜の二人～　エドワード視点

――これはまだマルコシアス帝国に着く前の話。

もう何度目か分からない野営の準備を終え、俺は見回りも兼ねて散歩に出掛けていた。星々が煌めく夜空の下を歩きながら、物思いに耽《ふけ》る。

カロリーナの腰、細かったな……少しでも力加減を誤れば、ポキッと直ぐに折れてしまいそうだ。女とはあんなに脆いものなのだろうか？

生まれてこの方、女性の体にまともに触れたことがない俺はじっと自身の手を見つめる。皮の厚いゴツゴツとした手にはまだあの時の感触が残っていた。

「もっと触れてみたいなんて言ったら、カロリーナはどんな表情をするんだろうな……」

顔を真っ赤にして照れるだろうか？　それとも、『ご冗談を』と言って笑うだろうか？

彼女がどんな反応をするのか想像を広げ、俺はほんの少しだけ口角を上げた。

普段騎士団のことしか考えていない俺が女のことについて考えるなんて、と己の変化を真正面から受け止める。

カロリーナのことを知れば知るほど、俺の心は彼女に囚われていく。彼女の存在はまるで甘い蜜のようだった。

もし、その甘い蜜が手に入ったならば……。

そんな考えが脳裏を過った時――――雲に隠れていた月がひょこっと顔を出した。柔らかな月の光が地上を照らし出す。

そして、俺の目の前には――――白いワンピース姿のカロリーナが居た。

月明かりに照らし出された彼女は濃灰色の髪を夜風に揺らし、その真っ赤な瞳に星空を映している。その姿はまるで童話に出てくる妖精のようで……とても綺麗だった。

な、何故カロリーナがここに？　って、ここはカロリーナが泊まるテントの前じゃないか！　俺はいつの間にこんなところまで……。

「――――えっ？　何故エドワード皇子殿下がこちらに……？」

こちらの視線に気づいたカロリーナはルビーの瞳をこれでもかってくらい大きく見開き、動揺を露わにする。が、直ぐに正気を取り戻し、慌てて淑女の礼を取った。

「ご挨拶が遅れて申し訳ありません、エドワード皇子殿下……カロリーナ・サンチェスが殿下にご挨拶申し上げ……」

「堅苦しい挨拶は不要だ。それより、いきなり来て悪かったな。散歩……じゃなくて、周辺を見回りしていたら、いつの間にかここに来ていたらしい」

カロリーナの言葉をわざと遮って謝罪すれば、彼女は『殿下が謝罪するようなことでは……』と口ごもった。

ここ数日で彼女との距離が縮まったとはいえ、まだまだ彼女の態度は堅苦しい。一応俺たちは婚約者同士なのだから、もっと砕けた口調や態度で接してほしかった。

「それより、カロリーナは何で外に居るんだ？　もう就寝の時間だろう？」

「えっと、実はなかなか寝付けなくて……気分転換がてら、ちょっと外の空気を吸いに来ただけですわ」

どこか気まずそうに視線を逸らし、言葉を濁すカロリーナに、俺は『あぁ、なるほど』と一人頷く。頭の悪い俺でも、彼女の言わんとしていることは理解出来た。

慣れない野宿のせいで寝つきが悪いんだろう。しかも、周りは男ばかりだからな。貴族令嬢のカロリーナには応えるものがあるだろう。

こっちも出来る限りの配慮はしているが、それにだって限界があるしな。

「慣れない野宿生活を強いることになってしまって、本当にすまない。何かと不安も多いだろうが、出来るだけサポートし……」

「あっ、いえ！　そういう訳じゃないんです！　確かに野宿は慣れないですし、不安も多いですが、私が眠れない原因は別にあって……その……」

彼女は俺の懸念を払拭するかのように胸の前で手を振ると、どこか気まずそうに視線を逸らす。視線を右往左往させ、口の開閉を繰り返す彼女の姿に俺は内心首を傾げた。

ん……？　これはどういう反応だ？　何故そんなにも躊躇って……？

躊躇う素振りを見せるカロリーナの姿に疑問を感じていれば、ようやく覚悟が決まったのか彼女がパッと顔を上げた。

「実はその……ここには無念の死を遂げた若い男の霊が出ると団員の方から聞いて……その話が気になって、眠れないと言うか……す、すみません！　こんな情けない理由で……」

体を縮こまらせるカロリーナは心底申し訳なさそうな表情を浮かべている。俺の機嫌を窺う赤の双眼は若干潤んでおり、庇護欲をそそられた。

今まで感じたことのない感覚が俺を襲う。

……な、何だ？　この胸が締め付けられる感覚は……。

毒を盛られた訳でも病気に罹った訳でもないのに物凄く胸が痛い……でも――――不思議と不快感は感じない。それどころか、心地いいとすら思う。

これは一体どういうことだ？

俺は体に走った異常に困惑しながら、オロオロする婚約者を見下ろした。すると、胸の締め付けが更に強くなる。

間違いなく、俺の体は彼女に反応していた。

カロリーナが俺に何かしたのか……？　いや、それはない。だって、彼女にはそんなことをする理由も手段もない。何より、この純粋で真っ直ぐな少女がそんなことをするとは思えなかった。

とりあえず、この不思議な感覚については後でテオに聞くとしよう。

「カロリーナ、幽霊が怖いんだったな？」

「は、はい……とても情けないお話ですが……」

「いや、そんなことはない。誰にだって、苦手なことや怖いことはある。だから、そんなことは気にしなくていい」

俺は自然な動作でカロリーナの頭へ手を伸ばすと、その艶やかな髪を優しく撫でた。黒に近い灰色の髪はサラサラしていて、触り心地が良い。

「今夜は私がここで見張りをしよう。私なら、幽霊だろうとお化けだろうと問題なく排除出来る。だから、安心して眠れ」

本来であれば、騎士団長の俺が見張りなんてする必要はないが、それでカロリーナが安心して眠れるなら構わない。婚約者のためなら、これくらいどうってことなかった。

――――と考える俺だったが、カロリーナはそうじゃなかったようで……。

「なっ!?　エドワード皇子殿下にそんなことさせられませんわ！　私のことは気にせず、普通にテントで眠ってください！」

「大丈夫だ。徹夜は慣れている」

「そういう問題じゃありません！」

「じゃあ、何が問題なんだ？」

カロリーナが何故そこまで激しく反論してくるのか分からず、首を傾げると彼女は何とも言えない表情を浮かべた。その顔はテオが時折見せる呆れ顔とよく似ている。

困ったように眉尻を下げる彼女は額に手を当てて考え込んだ。

「えーっとですね……エドワード皇子殿下は『烈火の不死鳥』団団長で、マルコシアス帝国の第二皇子なのでそんな恐れ多いことは頼めないんです。そのお心遣いは大変有り難いのですが……」

「婚約者のために動くのは当たり前のことだ。恐れ多いとか、そんなことは考えなくていい」

「で、ですが……」

「それとも、カロリーナは私の気遣いを無下にするつもりか？」

「い、いえっ！　決してそのようなことは……！」

滅相もないと言わんばかりに首を激しく横に振るカロリーナは若干顔を青くしていた。

ちょっと、やり過ぎたか？　でも、こうでも言わないと真面目なカロリーナは了承しないと思ってな。もうちょっと甘え上手になってくれれば、いいんだが。

「私はただカロリーナの役に立ちたいだけだ。だから、気遅れする必要はどこにもない」

そう言ってもう一押しすれば、カロリーナは迷うような素振りを見せた。顎に手を当てて考え込む彼女はしばらく瞑想したあと、覚悟を決めたように俺の目を真っ直ぐに見つめる。ピンク色の薄い唇が躊躇いがちに開かれた。

「分かりました。殿下の睡眠時間を奪うのは本意ではありませんが、よろしくお願いします。でも、決して無理はしないでくださいね？」

「ああ、分かった」

俺の身を案じるカロリーナは心配そうにこちらを見つめている。

体力馬鹿と言われるこの俺がたった一晩眠らなかっただけで倒れるとでも思っているのだろうか？　だとしたら、かなりの心配性だが……彼女に心配されて、悪い気はしなかった。

誰かに心配されるというのも、たまには悪くないな。

「ほら、もうテントに戻れ。さすがにワンピース一枚で外に居るのは寒いだろう？　中に入って、温まるんだ」

ポンポンッと彼女の頭を撫で、後ろのテントを指さす。騎士団が使用するテントの中で二番目に大きいこのテントはカロリーナ専用のものだった。

本当は一番大きいやつを渡したかったんだが、テオに『貴族が皇族より大きなテントに泊まるのは有り得ません』とバッサリ切り捨てられたのだ。

「分かりました。では、改めて見張りの件よろしくお願いします」

「ああ、任せろ。今夜はゆっくり休め」

「はい、ありがとうございます。それでは、おやすみなさい」

「ああ、おやすみ」

俺に向かってペコリと一礼したカロリーナは風に髪を靡《なび》かせながら、テントへ戻っていった。俺はただ彼女の背中を見送る。

そして、何もない地面に座り込んだ。

見張りの道具は何も持ってきていないが、まあ……大丈夫だろう。幸い、雨は降っていないし、寒さは火炎魔法で十分防げる。暇潰しの道具が一切ないのはあれだが……たまにはこうやって夜空を眺めながら夜を明かすのもいいだろう。

妙に気分がいい俺は『カロリーナの役に立っている』という事実を噛み締めながら、星々が煌めく美しい夜空を見上げる。
人々を包み込むような柔らかい光はやはり、どこまでも優しかった。

あとがき

初めましての方は初めまして。Web時代から知っているよって方はお久しぶりです。毎日八時間以上の睡眠を心掛けている、あーもんどです。

この度は、数ある本の中から拙著「無自覚聖女は今日も無意識に力を垂れ流す　今代の聖女は姉ではなく、妹の私だったみたいです」をお手に取って下さり、ありがとうございます。

あとがきを書くのは初めてなので、ここは無難に本作の裏話をちょこっと紹介して行こうと思います。

まず、本作を書こうと思ったきっかけですが、単純に「結婚系の話が書きたいなぁ」と思ったからです。当時の私は婚約破棄ものばかり書いていたので、いつもと違う作品を書きたいと常々思っていました。

そこから、人気の要素（聖女や姉妹など）を足していき、最終的に出来上がったのが本作です。

意外と在り来りな経緯ですが、衝動買いならぬ衝動書きだったので、物語のあらすじやキャラクター作りにかなり苦労しました。

一番苦労したのはフローラの言動です。フローラは一応天才という設定なので、頭のいい悪役令嬢にする必要がありました。これが意外と難しく……「頭がいい悪役令嬢って、何⁉」「どうやったら、優秀そうに見えるの⁉」と一人で叫びまくってました。

私が今まで書いていた悪役は頭の中お花畑な子ばかりだったので、余計難しく感じたのかもしれません。

その次に難しかったのがカロリーナをどうやってエドワードの元へ嫁がせるか、でしたね……。何かのパーティーでカロリーナをたまたま見かけたエドワードが彼女を見初めて……とか、危ないところをエドワードに助けられて好きになる……とか色々考えたんですが、どれも在り来りで『なんか違うなぁ』となり……最終的に政略結婚させることになりました。

一目惚れや吊り橋効果から始まる恋愛も良いんですが、貴族ものならやっぱり政略結婚かな！と思いまして……甘々ジレジレのラブファンタジーに落ち着きました。

そして、ここだけの話……ボツにしたエピソードが十個近くあります（これから、また増える可能性あり！）。

何気にこれが一番の裏話じゃないかな？　と思っています。

他にもたくさん裏話がありますが、今回はここまでとさせて頂きます。ちょっとでもクスッと笑って頂けたら幸いです。

ここからは謝辞になります。

「書籍化する」と報告した時、二つ返事でＯＫをくれたお父様。普段はクールだけど実は優しいお兄様。いつも私に元気をくれる創作仲間様。いつもありがとうございます。

イラストを描いて下さった、あんべよしろう様。的確なアドバイスと分かりやすい説明をして下さった担当編集者さまをはじめ、本の制作に携わって下さいました全ての方々に感謝致します。

そして、この本をお手に取って下さいましたあなた様。改めまして、ありがとうございました。

『無自覚聖女は今日も無意識に力を垂れ流す』

お手にとっていただきありがとうございます。
ライトノベル挿絵のお仕事では、初めて女性主人公のお話を担当することとなり、新鮮な気持ちで楽しんで描くことができました。

キャラクターや物語の魅力を引き立てることができていれば幸いです。

あんべよしろう

戦国小町《せんごくこまち》苦労譚《くろうたん》
シリーズ累計80万部突破の大人気作!!
一〜十四巻、大好評発売中!
夾竹桃
イラスト 平沢下戸
戦国小町苦労譚
十四 工業時代の夜明け
夾竹桃
平沢下戸
とんかつに白色電球、ピアノまで!?
技術革新が止まらない、待望の最新刊!

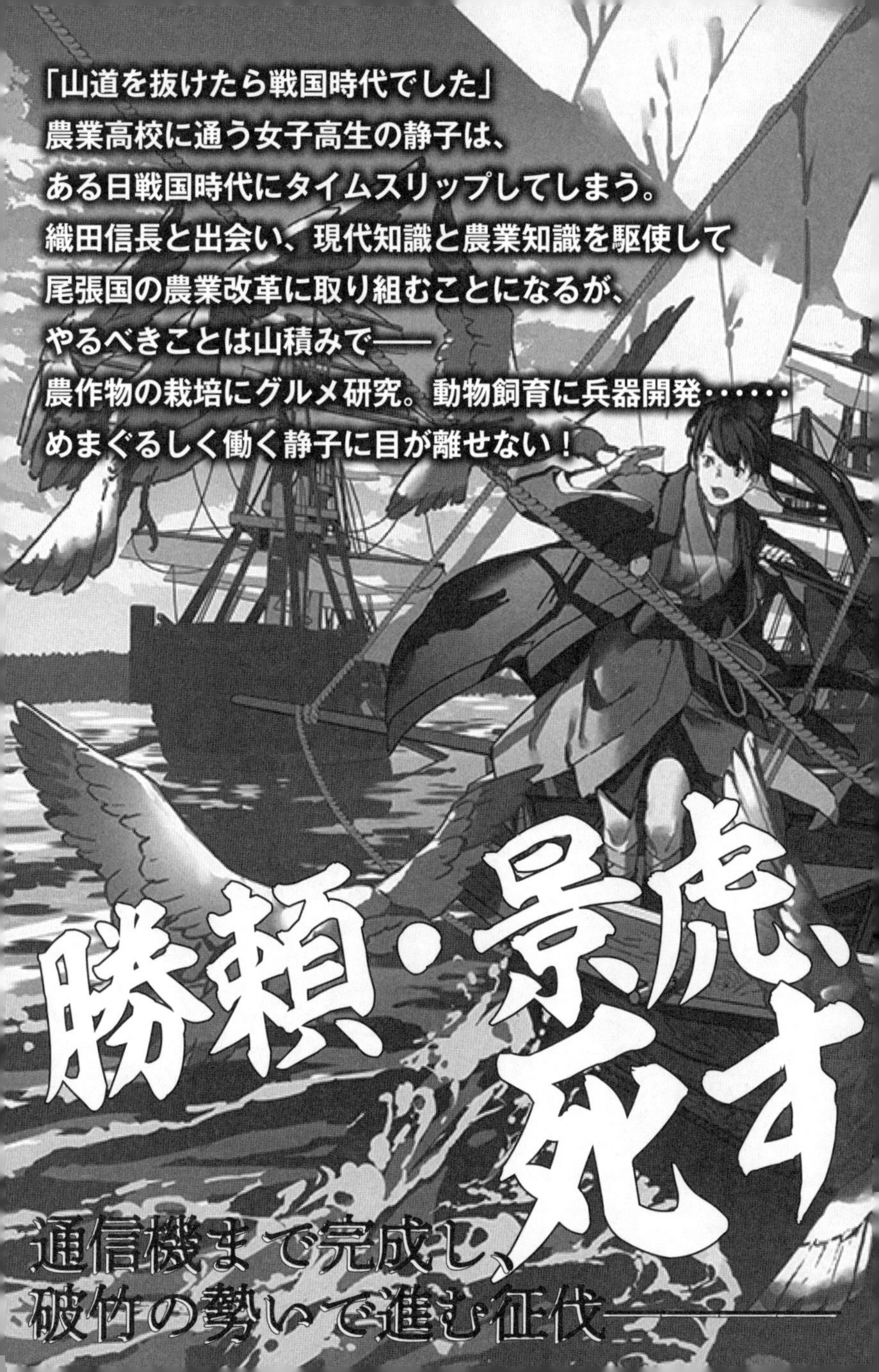
「山道を抜けたら戦国時代でした」
農業高校に通う女子高生の静子は、
ある日戦国時代にタイムスリップしてしまう。
織田信長と出会い、現代知識と農業知識を駆使して
尾張国の農業改革に取り組むことになるが、
やるべきことは山積みで――
農作物の栽培にグルメ研究。動物飼育に兵器開発……
めまぐるしく働く静子に目が離せない！
勝頼・景虎、死す
通信機まで完成し、
破竹の勢いで進む征伐――

世界へ!
ヘルモード
～やり込み好きのゲーマーは
廃設定の異世界で無双する～
二度転生した少年は
Sランク冒険者として
平穏に過ごす
～前世が賢者で英雄だったボクは
来世では地味に生きる～
贅沢三昧したいのです!
転生したのに貧乏なんて
許せないので、
魔法で領地改革
領民0人スタートの
辺境領主様
戦国小町苦労譚
毎月15日刊行!!
https://www.es-novel.jp/

ようこそ異
反逆のソウルイーター
～弱者は不要といわれて
剣聖（父）に追放
されました～
転生した大聖女は、
聖女であることをひた隠す
冒険者になりたいと
都に出て行った娘が
Sランクになってた
即死チートが
最強すぎて、
異世界のやつらがまるで
相手にならないんですが。
俺は全てを【パリイ】する
～逆勘違いの世界最強は
冒険者になりたい～
アース・スターノベル
EARTH STAR NOVEL

EARTH STAR NOVEL

無自覚聖女は今日も無意識に力を垂れ流す 1
今代の聖女は姉ではなく、妹の私だったみたいです

発行 ―――――――― 2021年6月16日　初版第1刷発行

著者 ―――――――― あーもんど

イラストレーター ―― あんべよしろう

装丁デザイン ―――― シイバミツヲ（伸童舎）

発行者 ――――――― 幕内和博

編集 ―――――――― 筒井さやか

発行所 ――――――― 株式会社 アース・スター エンターテイメント
〒141-0021　東京都品川区上大崎 3-1-1
目黒セントラルスクエア　7F
TEL：03-5561-7630
FAX：03-5561-7632
https://www.es-novel.jp/

印刷・製本 ―――――― 図書印刷株式会社

© Almond / Yoshiro Ambe 2021, Printed in Japan

この物語はフィクションです。実在の人物・団体・事件・地域等には、いっさい関係ありません。

本書は、法令の定めにある場合を除き、その全部または一部を無断で複製・複写することはできません。

また、本書のコピー、スキャン、電子データ化等の無断複製は、著作権法上での例外を除き、禁じられております。

本書を代行業者等の第三者に依頼してスキャン、電子データ化をすることは、私的利用の目的であっても認められておらず、著作権法に違反します。

乱丁・落丁本は、ご面倒ですが、株式会社アース・スター エンターテイメント 読書係あてにお送りください。

送料小社負担にてお取り替えいたします。価格はカバーに表示してあります。

ISBN 978-4-8030-1530-0